VANDRAD, O VIKING

A CONTENDA E O FEITIÇO

Joseph Storer Clouston

VANDRAD, O VIKING
A CONTENDA E O FEITIÇO

Tradução
Maria Silvia Mourão Netto

Principis

Esta é uma publicação Principis, selo exclusivo da Ciranda Cultural
© 2021 Ciranda Cultural Editora e Distribuidora Ltda.

Traduzido do original em inglês
Vandrad the viking, or the feud and the spell

Texto
Joseph Storer Clouston

Tradução
Maria Silvia Mourão Netto

Revisão
Agnaldo Alves
Cleusa S. Quadros

Produção editorial e projeto gráfico
Ciranda Cultural

Diagramação
Linea Editora

Imagens
Andrey1005/Shutterstock.com;
Bourbon-88/Shutterstock.com;
LongQuattro/Shutterstock.com;
Jana Mi/Shutterstock.com

Dados Internacionais de Catalogação na Publicação (CIP) de acordo com ISBD

C647v	Clouston, Joseph Storer
	Vandrad, o viking: a contenda e o feitiço / Joseph Storer Clouston ; traduzido por Maria Silvia Mourão Netto. - Jandira : Principis, 2021.
	160 p. ; 15,5cm x 22,6cm.
	Tradução de: Vandrad the viking, or the feud and the spell
	ISBN: 978-65-5552-420-8
	1. Literatura inglesa. 2. Ficção. I. Netto, Maria Silvia Mourão. II. Título.
	CDD 823.91
2021-1002	CDU 821.111-3

Elaborado por Vagner Rodolfo da Silva - CRB-8/9410

Índice para catálogo sistemático:
1. Literatura inglesa : Ficção 823.91
2. Literatura inglesa : Ficção 821.111-3

1ª edição em 2021
www.cirandacultural.com.br
Todos os direitos reservados.
Nenhuma parte desta publicação pode ser reproduzida, arquivada em sistema de busca ou transmitida por qualquer meio, seja ele eletrônico, fotocópia, gravação ou outros, sem prévia autorização do detentor dos direitos, e não pode circular encadernada ou encapada de maneira distinta daquela em que foi publicada, ou sem que as mesmas condições sejam impostas aos compradores subsequentes.

SUMÁRIO

No mar ocidental..7

Assassinos de bebês...17

A ilha sagrada...28

O feitiço da ilha..37

Andreas, o eremita 45

O grande salão de Liot...54

O veredicto da espada..69

Na cabana perto do galinheiro 78

A mensagem das runas...84

A festa do rei Bue...95

A casa na floresta 102

O mago... 110

Flecha e escudo 118

O convidado da meia-noite.. 126

O último comandante... 134

O rei Estein 143

O fim da história.. 152

NO MAR OCIDENTAL

Muito tempo depois de o rei Estein ter se reunido aos seus ancestrais na ilhota mais além de Hernersfiord, e de Helgi, conde de Askland, ter se tornado nada mais do que uma lembrança dos tempos de guerra, os bardos de Sogn ainda cantavam as proezas de Vandrad, o Viking. Era uma história repleta de magia maravilhosa, com algumas passagens surpreendentemente difíceis como diziam. Mas, lendo nas entrelinhas, a magia guarda uma poderosa semelhança com muitos feitiços dos dias de hoje. Quanto aos golpes de espada, eram necessários para o guerreiro ser imbatível na Noruega de então. Aqueles eram os tempos em que muitos reinos estavam se formando, e o Norte começava a fazer parte do mapa.

Reza a lenda que, em certa manhã de maio, há mais de mil anos, um velho vinha andando lentamente pela floresta, ao longo de um caminho estreito que serpenteava entre passagens por meio das montanhas, deixando para trás os picos nevados do interior da Noruega. Naquele trecho, as árvores eram mais esguias, enquanto o mato rasteiro e as flores silvestres encobriam a encosta de ambos os lados da trilha. Então, no ponto onde o caminho descia abruptamente até as margens de Hernersfiord, o viajante parou. Por um momento, ficou ali quieto sorvendo na pele o sol da manhã, contemplando a paisagem que se estendia aos seus pés. De vez em quando, falava em voz alta, absorto em seus pensamentos, arrebatado como um visionário.

Embora suas vestes fossem velhas e manchadas pelo tempo, desprovidas de qualquer ornamento, sua fisionomia e sua postura eram notáveis; a memória as guardaria para sempre. Era um sujeito alto, com uma constituição formidável. Sua idade e a espessa barba branca lhe emprestavam um ar majestoso, mas seus olhos de um azul pálido eram quase indecifráveis, singularmente frios em repouso e muito vivos, brilhantes e atentos quando seu rosto se mostrava animado.

Naquela manhã, havia muito para ocupá-lo. Na encosta que subia de Hernersfiord erguia-se o palácio real de Hakonstad, morada do rei de Sogn. Por toda parte naqueles recintos, até lá embaixo à beira d'água, era um contínuo vai e vem de pessoas. Do planalto, no topo do fiorde, os soldados desciam em formação até os navios ancorados ao longo do extenso píer de pedra. O sol da manhã se refletia nos capacetes e nas cotas de malha e, no ar ainda parado, o ruído metálico dos preparativos ecoava por toda a extensão do terreno até o alto, na região coberta pelo eucaliptal. O andarilho conseguia ver alguns que descarregavam armas e provisões em terra firme, enquanto outros se ocupavam em abastecer os navios. Havia mulheres na multidão, e aqui e ali um manto colorido e um elmo dourado indicavam um líder de tropa.

– Sim, chegou a época de os vikings irem para o mar de novo – ele pensou em voz alta. – Corajosos e alegres são os guerreiros de Sogn, quando partem tão leves. Quando se é jovem, todos os caminhos são agradáveis e todos levam de volta para casa. Muitos eu vi partirem daqui nos últimos sessenta anos e com suas velas irem embora... e para onde?

Mais uma vez, crescia a agitação entre os homens, e o viajante podia vê-los começando a formar filas para embarcar nos longos barcos.

"Essa viagem será como flocos de neve caindo no mar, mas quem pode escapar ao seu destino?", pensou.

VANDRAD, O VIKING

Enquanto isso, um grupo de homens tinha acabado de emergir da mata, vindo na direção da trilha do fiorde. Eram uns dez ou doze, comandados por um sujeito de barba negra, visivelmente muito musculoso. Vestido com um casacão de couro todo coberto por escamas de metal, levava nos ombros uma alabarda de porte considerável.

Naquele ponto, o caminho ficava muito estreito. O homem da barba negra exclamou de má vontade:

– Saia da frente, velho! Deixe-nos passar.

Subitamente desperto de sua fantasia, o andarilho se virou em silêncio, mas não fez nenhum movimento para o lado. Agora, o grupo estava tão próximo que os homens se viram forçados a parar, em meio a ruídos de metal batendo em metal. O capitão bradou mais uma vez:

– Você é surdo? Saia da frente!

No entanto, havia algo de intimidador nos olhos pálidos daquele ancião e, embora o viking trocasse de lugar com movimentos inquietos o apoio da alabarda nos ombros, seu olhar mudou. Com discreta entonação de desdém, o viajante então perguntou:

– Quem quer que eu dê passagem?

O barba-negra olhou para ele com algum espanto e foi breve em sua resposta:

– Chamam-me de Ketill. Que diferença isso faz para você?

Sem dar atenção aos maus modos do sujeito, o velho indagou:

– O rei Hakon embarca hoje de Hernersfiord?

– O rei Hakon já não viaja faz tempo. É seu filho quem lidera os homens.

– Sim, tinha me esquecido. Somos os dois velhos, agora. Então Estein parte hoje?

– Sim, e eu vou com ele. Meu barco me espera; por isso, saia da frente, velho – Ketill respondeu.

– Vão para onde?

– Para os mares ocidentais, mas não tenho mais tempo para conversas, ouviu?

– Vá, então – respondeu o velho, dando um passo para o lado. – Algo me diz que Estein irá precisar de todos os seus homens antes que esta viagem acabe.

Sem se deter para trocar mais palavras, o capitão de barba negra e seus homens retomaram a marcha e seguiram rumo ao fiorde, enquanto o velho os seguia vagarosamente.

Enquanto descia a encosta do morro, ele tornou a falar consigo mesmo em voz alta…

– Sim, esse então é o significado dos avisos nos meus sonhos: perigo nas terras ao sul, perigo nos mares. Pouco valor Estein Hakonson dará aos conselhos de um velho, mas sinto desejo de ver o jovem de novo e aquilo que os deuses me revelaram devo contar.

Lá embaixo, perto do fim da trilha que ia do píer até o palácio de Hakonstad, o grupo de chefes ali reunido conversava. Entre eles, estava Hakon, rei de Sogn, um dos governantes independentes que reinavam na então caótica Noruega, acompanhando a partida de seu filho.

Hakon era uma figura venerável. Chamava atenção com seu longo cabelo encaracolado todo branco, o manto azul bordado, alto e desempenado como uma lança, mas já idoso demais para entrar em combate. Sua mão pousava no ombro do conde Sigvald de Askland, antigo guerreiro brusco e valente, conselheiro do rei e seu mais fiel companheiro de batalha. Diante deles estava Estein, um jovem de olhos claros e cabelos arruivados, num traje vistoso como era o costume da época – saiote vermelho e manto – e portando como únicas armas um elmo dourado, encimado por um par de asas de falcão, e uma espada embainhada no flanco. Seu rosto, belo em seus traços regulares, poderia parecer excessivamente grave e reservado, não fosse pelo olhar afiado e um sorriso simpático que lhe iluminava a fisionomia quando falava.

Depois de conversarem por algum tempo, ele relanceou os olhos à sua volta e reparou que a movimentação dos homens tinha diminuído e que quase todos já tinham embarcado. Disse então:

– Está tudo pronto.

– Sim – concordou Thorkel Sigurdson, um dos capitães da frota. – Só estão esperando por nós.

– Então, adeus, Estein! – despediu-se o conde. – Que Thor o acompanhe e lhe mande inimigos de valor!

– Meu filho, não posso poupá-lo dos males – disse o rei –, mas é dever do filho do rei correr mundo e provar seu valor em terras distantes. Combater nas águas do Báltico é só um passatempo para o viking comum. A Inglaterra e a França, os países dos homens pretos e as planícies alagadas dos rios estão à espera. É lá que Estein Hakonson deve alimentar os lobos.

Envolvendo o filho num abraço, o rei prosseguiu:

– Mesmo assim, Estein, como queria que fosse Yule de novo e que você estivesse aqui. Estou ficando velho e meus sonhos da noite passada foram repletos de pesares.

– Até mais ver, filho de Hakon! – bradou um dos chefes. – Quisera eu também singrar os mares até as terras do Sul. Não se guarde para nada, Estein. Fogo e espada na Inglaterra, fogo e espada na França!

O grupo se dispersou, e Estein estava a ponto de entrar no navio quando ouviu alguém chamá-lo pelo nome. Olhou à sua volta e viu o mesmo velho que tinha abordado Ketill, a caminho do píer.

– Salve, Estein Hakonson! – o velho disse em voz bem alta. – Vim de longe para vê-lo.

– Salve, velho! – Estein respondeu com cortesia. – O que o traz aqui?

– Não me reconhece? – perguntou o andarilho, olhando com intensidade para o jovem.

– Não, não consigo me lembrar do seu rosto.

– Meu nome é Atli e, se meus traços lhe parecem estranhos, mais estranho ainda deve ser meu nome.

Ele tomou nas suas a mão de Estein, olhou-o atentamente nos olhos por um instante e então lhe disse solenemente:

– Estein Hakonson, esta viagem terá um fim diverso daquele que espera. Dificuldades eu vejo à sua frente… peixes comendo guerreiros e ventos que sopram como querem, não como você desejaria.

– Tudo isso é bem provável – Estein respondeu. – Não estamos fazendo uma viagem de comércio e nos mares de Oeste os ventos costumam ser fortes. Mas qual será minha sina?

– Sina estranha é o que vejo à sua frente, Estein. Você será avisado, mas não dará atenção. Haverá mais por fazer do que for feito. Por uma mudança você passará que não consigo compreender. Muitos que partem não retornam, mas seu destino para mim é obscuro.

Um rapaz de 20 e poucos anos, de aspecto marcial em seus trajes vistosos, tinha se aproximado dos dois enquanto conversavam. Seu rosto belo traía despreocupação e entusiasmo e, em sua atitude, denotava saber que era especialmente atraente.

– E qual é o meu destino velho? – ele perguntou, mais como zombaria do que para saber de verdade. – Servirei de alimento aos peixes ou passo por uma estranha transformação como Estein e me torno um troll, um lobisomem ou alguma outra coisa?

– O seu destino não me importa nada, Helgi Sigvaldson – retrucou o vidente. – Mas acho que você nunca ficará longe de Estein.

– Essa resposta foi fácil – Helgi disse, dando uma risada. – E eu posso ver o meu futuro mais longe ainda. Quando me afastar de Estein, meu irmão de coração, então alguém vai para Valhalla. O que me diz disso?

Uma sombra cobriu o rosto de Atli.

– Você se atreve a fazer pouco de mim? – ele exclamou.

– Nada disso – interveio Estein. – Sem irmão na cobertura, o homem corre risco. Helgi quis dizer que só a morte pode nos afastar um do outro, Atli! Se sua profecia se realizar e eu voltar vivo, você pode escolher o presente que quiser dos despojos que eu trouxer.

– Poucos espólios você trará, Estein! – respondeu o velho, quando os irmãos se afastaram dele para cruzar o píer até o barco.

Embarcado o último homem, os remos afundaram na água. A multidão que se reunira à margem se dispersava aos poucos enquanto a frota atravessava lentamente as águas geladas do fiorde.

Já em alto-mar, mais além do planalto que se desenhava no horizonte e guardava Hernersfiord, uma brisa fresca soprava regularmente de noroeste. Mais além das ilhotas rochosas perfiladas ao longo da costa, picos nevados cintilavam ao sol. Conforme os barcos gradualmente se distanciavam do fiorde, o rumor do mar aberto quebrando nos arrecifes se tornava cada vez mais próximo e forte. As velas foram enfunadas e os remos postos a descansar. Devagar no início, depois cada vez mais rápidas, as lonas acolhiam os ventos marinhos, e os cascos longos e esguios dos barcos cortavam as águas sem esforço. Ultrapassadas as ilhas, aproveitando toda a força dos ventos de alto-mar e admirando a esteira de espuma que se desenhava na superfície do mar, os homens assistiam à paisagem das montanhas da Noruega se dissolver lentamente nas águas selvagens do mar aberto.

Em pé na plataforma da popa do seu barco, cruzando um oceano que lhe era desconhecido, rumo a países sobre cuja localização só tinha informações vagas, Estein Hakonson deixava-se vagar entre fantasias que o incendiavam. Era o único filho sobrevivente do rei de Sogn. Três irmãos tinham perdido a vida em batalhas, um havia perecido no mar e outro ainda, o mais velho, tinha morrido num incêndio que destruíra o telhado da casa em que dormia.

Sua educação fora realizada segundo o único padrão em vigor na Escandinávia. Aos 14 anos, tinha abatido o primeiro homem numa luta justa; aos 17, era um capitão viking no Báltico. Agora, com 22 anos, era muito mais maduro do que a idade prometia em razão de tantas e tão variadas experiências e estava seguindo o caminho dos vikings em busca dos fabulosos países do Sul.

O maremoto das investidas dos noruegueses ainda não tinha chegado ao seu ponto máximo, e o terror e a fúria estavam se propagando rapidamente. A febre do desassossego estava se alastrando cada vez mais pelo Norte. Toda vez, os homens regressavam com histórias de mosteiros repletos de tesouros incalculáveis e de províncias ricas que podiam ser conquistadas na espada. Os bardos cantavam as proezas realizadas no Sul, e os barcos lotados de espólios de guerra confirmavam as narrativas. Não admira, portanto, que, ao lado da cana do leme, Estein sentisse no peito o coração batendo forte.

Naquela noite, bem depois de o sol ter se posto, ele continuava sentado no deque a contemplar as estrelas. Passo a passo, seu irmão adotivo se aproximou. Envolvido num amplo manto impermeável, Helgi vinha cantarolando baixinho.

– Está uma bela noite, Estein. Se Thor quiser e o vento nos levar, logo chegaremos à Inglaterra.

– Sim, se os deuses estiverem do nosso lado – respondeu Estein. – Estou tentando ler as estrelas... me parecem desfavoráveis.

Helgi riu. – E o que você sabe de estrelas? O que Estein Hakonson quer com a magia branca? Vai fazer sua vida durar mais um dia? A minha também se eu conseguir ler as estrelas?

– Nenhum dia a mais, Helgi, nenhum instante a mais. Estamos nas mãos dos deuses. Isso só serve para passar uma longa noite.

– Os nórdicos não deveriam ler as estrelas – Helgi disse. – Essa coisa serve para os finlandeses, os lapões e os coitados que têm medo de nós.

– Queria eu saber o que Odin pensa de Helgi Sigvaldson – Estein observou com um sorriso.

Helgi riu um pouco antes de responder:

– Eu sei o que Odin pensa de você, Estein... um bobo e um esquisitão.

Estein avançou um passo e se debruçou sobre a amurada para fixar os olhos na escuridão das águas. Helgi também guardou silêncio, porém os seus olhos azuis continuavam inquietos e seu coração batia com força. Por um tempo, seus pensamentos voaram mais depressa do que o barco vencia o mar rumo ao clangor das armas e os gritos de vitória.

– Sobrei apenas eu – Estein disse, finalmente. – O rei Hakon não tem mais filhos.

VANDRAD, O VIKING

– E você tem cinco irmãos para vingar. Sua espada não ficará enferrujada por muito tempo na bainha, Estein.

– Por duas vezes fiz os dinamarqueses pagarem caro por Eric. Não posso castigar Thor porque ele fez Harald se afogar, mas se for do meu destino encontrar Thord, o Alto, Snaekol Gunnarson ou Thorfin de Skapstead, só vai sobrar um homem em pé para contar a história do nosso encontro.

– Os que atearam fogo à casa de Olaf fugiram da Noruega há muito tempo, não é?

– Eu era bem pequeno quando meu irmão foi queimado como uma raposa na toca, em Laxafiord. Os incendiários conheciam meu pai muito bem para continuarem em casa e dar-lhe boas-vindas. Desde então, ninguém mais falou deles, exceto que Thord, o Alto, certa vez atacou diversos lugares na Inglaterra e se gabou dos muitos incêndios que ateou. Talvez tenha esquecido que Hakon tinha outros filhos.

– Agora, Helgi, devemos ir dormir enquanto podemos; noites virão em que quereríamos poder dormir.

Durante seis dias e seis noites seguiram adiante, vencendo com ventos favoráveis as ondas de um mar vazio. No sétimo dia, avistaram terra a estibordo.

– Seria a Inglaterra? – indagou o velho Ulf, do castelo da proa, um viking peludo e fortíssimo, natural dos fiordes do norte.

– Mais provável ser a costa da Escócia – respondeu Helgi. – Vamos tentar a sorte, Estein?

– Gostaria de derramar um pouco de sangue escocês – respondeu Estein –, mas é melhor continuar até a Inglaterra enquanto temos bom vento.

– Não estou gostando da cara do céu – resmungou Ulf, olhando em volta com a testa franzida.

O vento vinha diminuindo nas últimas horas. No horizonte a leste, o céu calmo abria espaço para nuvens pesadas. Estein hesitou um pouco, mas previsão se fazia cada vez mais ameaçadora, com o vento soprando em rajadas esparsas, vindas de quadrantes variados. Diante disso, os vikings mudaram de curso aproveitando as velas enfunadas, enquanto os remos cortavam a água em busca de um abrigo mais perto de terra.

Quando se aproximaram, viram que aquelas margens ofereciam pouca guarida: uma linha inóspita de precipícios se estendia de norte a sul até onde a vista conseguia alcançar. Mesmo de longe ainda, os vikings conseguiam enxergar lampejos brancos rebentando na base dos penhascos. Mais uma vez mudaram o rumo dos barcos. Então, sob o ruído surdo de um aguaceiro que havia se formado, despencou sobre a frota uma tempestade de sudeste e não havia nada a fazer além de dar meia-volta e fugir da ventania.

– Interpretei as estrelas bem demais – Estein disse baixinho entredentes, agarrado à cana do leme, enquanto observava as ondas cada vez mais altas. – E a primeira parte da profecia de Atli já se cumpriu.

– Ventos, guerras e mulheres são o destino do viking – Helgi retrucou –, mas esta é só a primeira parte do aviso.

A ventania aumentou durante a noite, e a frota se dispersou pelo Mar do Norte. Na manhã do dia seguinte, somente mais duas embarcações de casco negro e longo eram visíveis do convés de Estein, tentando se safar da tempestade. Passou-se mais um dia atribulado e apenas no fim do entardecer o tempo amainou. Pouco a pouco, os mares começaram a se acalmar e cessaram as chuvas de rajadas cortantes. Os clarões que rasgavam o céu deixavam entrever raras estrelas e já bem perto da aurora não havia mais vento algum.

ASSASSINOS DE BEBÊS

Aproveitando a primeira claridade do dia, os homens se esforçavam para enxergar alguma referência que lhes pudesse indicar onde estavam. Nenhum dos companheiros a bordo do barco de Estein tinha viajado por ali mais de duas ou três vezes no máximo. Eram capazes apenas das conjecturas mais vagas, mas, com o dia que enfim nascia, Ulf deu aviso de terra à vista.

– Terra à direita! – Helgi confirmou, no instante seguinte.

– Terra à esquerda! – Estein exclamou. – Acho que estamos perto.

O dia já tinha nascido de todo quando finalmente se viram adentrando um canal de embocadura larga que contornava ilhas baixas, aparentemente desertas. Somente nos trechos de terra mais distantes à direita é que havia colinas cobertas de urzes, altas o suficiente para serem avistadas. Até onde podiam discernir, a região tinha a aparência de ser desabitada. Uma ondulação muito grande subia das águas do mar aberto e ganhava a cobertura de um teto de nuvens cinzentas.

Ulf declarou:

– Não gosto deste lugar. O que você acha que é?

– A julgar pelo que os homens disseram, são as ilhas Hjaltland – sugeriu Estein.

– Mais provável que sejam as ilhas Orkneys – corrigiu Thorolf, que já tinha navegado por aquelas bandas.

Ainda distante, outra embarcação vinha na direção deles.

– Que barco é aquele, Ulf? – Estein indagou. – Um dos nossos, talvez?

– Sim, é Thorkel Sigurdson – respondeu o desgrenhado timoneiro depois de apertar os olhos e franzir a testa por algum tempo.

– Pelo martelo de Thor, parece que vem com pressa – Helgi emendou. – Devem ter topado com a tempestade da noite passada.

– Pode ser que Thorkel esteja com frio – Thorolf sugeriu, dando risada.

– Tiraram os escudos do casco – Estein exclamou quando o barco já estava mais próximo. – Você acha que pode haver um inimigo?

De novo, na face de Ulf os pelos se uniram numa expressão fechada:

– Ninguém pode dizer que tenho medo de um inimigo, mas não tenho disposição para lutar depois de duas noites sem dormir.

– Que nada! Thorkel está bêbado como de costume e acha que somos mercadores – Helgi disse. – Sem dúvida, estão se preparando para nos abordar.

O barco chegou tão perto que puderam ver nitidamente quem estava a bordo. A figura de estatura elevada que era Thorkel despontou na proa.

– Está acenando para nós. Tem coisa por trás disso – Estein alertou.

Helgi resmungou:

– Está bêbado. Aposto a minha espada de cabo de ouro como ele está bêbado. Levam cerveja suficiente a bordo para fazer o barco flutuar.

– Uma vela! – Estein exclamou, apontando para um promontório que avançava mar adentro. De trás dele acabavam de sair o casco negro baixo e a vela colorida de um barco de guerra.

– Sim! E outro aí! – Ulf confirmou.

– Três, quatro, sete, oito! – Helgi gritou.

Estein acrescentou:

– Nove e dez! Quantos mais?

Observavam em silêncio a frota desconhecida conforme um a um os barcos viravam para vir atrás do de Estein. Eram dez no total, e os remos batendo ritmicamente na água traziam cada vez mais perto as estranhas carrancas de monstros nas proas daquela frota.

– Vikings orkney – Ulf resmungou. – Se é que consigo reconhecer um barco, aqueles são vikings orkney.

Nesse meio-tempo, o de Thorkel tinha se aproximado, ladeava Estein, e seu capitão acenava.

– Temos pouco tempo para conversar agora – ele gritou. – O que você acha que devemos fazer? Correr para as ilhas ou ir até Odin de onde estamos? Acho que aqueles homens vão ter pouca misericórdia de nós.

– Não espero misericórdia de ninguém – Estein respondeu. – Ficaremos onde estamos. Não poderíamos escapar deles se tentássemos, e eu não tentaria, se pudesse. Você viu algum dos nossos outros barcos?

– Nos afastamos de Ketill ontem e acho que ele virou alimento dos peixes. Não sei de Asgrim, nem dos outros. Concordo com você, Estein: o fundo aqui vai ser uma cama tão macia para o descanso eterno quanto o de qualquer outro lugar. Encham os copos e sirvam os homens! Não é bom que o sujeito morra com sede!

O corajoso marujo se voltou com um brilho agourento nos olhos, na expectativa de aproveitar o que pensava que seria a última bebida em vida. Nos dois barcos, todos vestiram suas couraças e se prepararam para o combate iminente.

Naqueles tempos, os vikings atacavam uns aos outros tanto quanto combatiam os de sangue diferente. Iam para a luta e em geral tinham combates melhores contra tropas de guerreiros duros e experientes do que contra os povos menos aguerridos do Sul. As ilhas Orkney e Shetland eram as principais estações para os grupos mais independentes de todos, homens hostis, tão dispostos a lutar e tão avessos a qualquer lei ou princípio que o filho do rei da Noruega iria lhes parecer a presa mais desejável de todas.

JOSEPH STORER CLOUSTON

Muitos despojos arduamente conquistados mudavam de mãos durante a viagem de volta para casa, e o litoral da própria Noruega era em tal medida pontilhado por essas ilhas vikings que, algum tempo depois, o rei Harald Harfagri atacou-as e as deixou arrasadas em nome do que provavelmente considerava uma sociedade.

Os dois barcos navegaram perto um do outro; os remos foram recolhidos e, sob a prosaica luminosidade cinzenta da manhã, rumaram sem tropeços na direção das marés do Mar do Norte onde aguardaram a chegada das dez embarcações. Algumas aves marinhas circulavam acima dos tombadilhos e grasnavam alto; uma tênue coluna de fumaça subia de uma casa em uma parte distante da orla. Não havia outros sinais de vida, exceto nos barcos que seguiam mar adentro.

Recostado na amurada do seu barco, Thorkel contava a história de invasões de dia e de noite, como as que Estein e seus homens tinham realizado. Naquele dia de manhã, disse, tinham divisado o barco de Estein assim que o dia raiou e, quase que imediatamente depois, dez longas embarcações foram vistas ancoradas na baía de uma ilhota. Por algum tempo, esperaram conseguir seguir em frente sem serem vistos, mas o destino não tinha ajudado. Foram observados, e os vikings desconhecidos se puseram logo em perseguição, como um enxame de abelhas inadvertidamente atiçado.

Deu a impressão de que aqueles desconhecidos se mostravam pouco preparados para um combate, pois perdiam velocidade conforme avançavam. Os homens de Estein puderam ver que havia afobação nos preparativos que faziam.

– O que você acha? Amigos ou inimigos? – Helgi perguntou.

– Para os vikings orkneys, todos são inimigos – Estein respondeu.

– Sim – Thorkel concordou, rindo. – Principalmente, quando são dois para dez.

Nessa altura, os estranhos já estavam ao alcance da voz e, no barco que liderava a frota, um homem de manto vermelho veio da popa e se posicionou diante dos outros, na proa. Com voz forte, ordenou que os homens

VANDRAD, O VIKING

parassem de remar e então, levando as mãos à boca para formar um cone, perguntou num tom levemente sarcástico qual era o nome do capitão.

– Sou Estein, filho de Hakon, rei de Sogn. E quem são vocês, que querem saber meu nome? – voltou a resposta através da água.

– Sou Liot, filho de Skuli – disse o homem do manto vermelho. – Estão comigo Osmund Nariz de Gancho, filho de Hallward. Aqui temos dez navios de guerra, como podem ver. Entregue-se a nós, Estein Hakonson, ou tomaremos à força o que não quiser nos dar.

O homem apoiou a mão no quadril, virou-se para a tripulação e disse algumas palavras que vieram acompanhadas de gestos com uma lança. Os homens reagiram com um grito bem alto e então entoaram uma canção repetitiva cuja letra era um refrão descrevendo o destino que sempre aguardava aqueles que se arriscavam a enfrentar Liot Skulison. Ao mesmo tempo, os remos passaram a agitar novamente as águas e aquele barco foi se emparelhar com os outros.

Dando uma risada curta, Helgi comentou:

– Logo se vê que nosso amigo Liot é um sujeito valente. Ele e os mal-encarados da sua tripulação fizeram um tremendo barulho. Alguém aqui já tinha ouvido falar de Liot Skulison ou de Osmund Nariz de Gancho?

– Sim – Ulf respondeu. – São chamados de assassinos de bebês porque não têm dó nem de crianças.

– Hoje, vão conhecer gente que não é mais criança – Helgi disse.

Estein e Thorkel tinham se ocupado em amarrar os dois barcos um no outro, usando pequenas âncoras. Assim que pôde, Estein se virou para seus homens e disse:

– Temos todos um mesmo pensamento, certo? Lutamos até onde pudermos, e daí em diante Odin faz de nós o que quiser.

Sem esperar pelos gritos de aprovação que se seguiram a essas palavras, saltou para a proa e, elevando a voz, exclamou:

– Estamos prontos para vocês, Liot e Osmund. Quando subirem a bordo, podem pegar o que encontrarem.

De outro barco, um homem gritou:

– Então, você vai lutar, pequeno Estein? Lembre-se de que nos chamam de assassinos de bebês.

No mesmo instante, Thorkel aceitou o desafio. Três copos de cerveja o deixavam no mais feliz e melhor estado de espírito para guerrear, e seus olhos quase brilhavam de alegria quando respondeu:

– Eu conheço você Osmund, o Feio. É no seu nariz que os homens dizem que pendura as crianças que pega. Você nem precisa fazer mais nada, basta olhar para elas. Toma este presentinho – e atirou uma lança sem mirar, mas, se Osmund não tivesse se abaixado rápido como um raio, sua participação no combate teria terminado ali mesmo. Cumprindo sua trajetória, o míssil atingiu outro homem no meio dos ombros. O sujeito despencou no chão do deque.

– Avançar! Avançar! – berrou Liot. – Avançar, vikings! Avançar, homens de Liot e Osmund!

Os remos bateram na água fazendo uma camada de espuma. O coro grotesco cresceu e se transformou num rugido terrível, selvagem, e os dez navios de guerra atacaram os outros dois. Foi alto o estrondo do choque das proas, ensurdecedor o dos metais e das ferragens. Começava um combate desigual.

Por mais terríveis que pudessem se mostrar no longo prazo, nos embates no mar as chances eram um pouco melhores. Até que a parede de homens que defendiam a amurada se tornasse mais rala, os dois lados se mostravam praticamente iguais e, no começo, os vikings orkneys talvez não fossem mais do que espectadores.

Aos poucos, conforme o número de guerreiros diminuía, outros foram brotando dos demais barcos e vinham com muita energia para atacar os já cansados defensores, suas espadas afiadas contra as já quase sem fio depois de tantos golpes.

Liot posicionou seu barco ao lado do de Estein, enquanto Osmund atacou o de Thorkel. Os outros forçavam a proa para frente onde quer que se abrisse uma brecha. Os noruegueses defendiam sua amurada escudo contra escudo e combatiam com a coragem do desespero. Com a ajuda dos mais destemidos de seus homens, por duas vezes Liot tentou investir de frente para subir a bordo, sendo repelido nas duas tentativas. Avançou uma terceira vez e, escolhendo um ponto onde parecia haver um grupo menor de defensores, abateu uns dois homens com golpes de machado, rodando a arma no ar, e de um salto ganhou o tombadilho. Mais três ou quatro do seu grupo tinham-no seguido, e os vikings orkneys soltaram um verdadeiro rugido de vitória. Por um instante, a impressão foi de que o destino da batalha estava selado, mas uma pedra enorme veio cruzando o ar e caiu em cima do escudo de Liot. Quando o escudo derrubou seu capacete, Liot ficou de joelhos. Uma perfeição de Ulf, capitão da cana do leme. Bufando como um touro, o velho viking seguia a pedra com passos pesados. Estein saltou da popa em cima dos ombros de um homem. Mais um foi ao chão pela espada de Ulf. Atordoado, Liot foi arrastado por um de seus homens de volta ao próprio barco. Por ora, a situação estava sob controle.

– Atrás deles! Atrás deles, Ulf! – ordenou Estein aos berros, enquanto vinte noruegueses destemidos seguiam seu líder no encalço do grupo de assalto de Liot em retirada. Os inimigos abriam caminho à direita e à esquerda; os passadiços laterais ficaram livres e, apesar das ameaças de Liot, seus homens começaram a fugir do castelo da proa e do tombadilho para chegar aos navios que estavam atrás.

– Adiante, homens do rei! Adiante, homens de Estein! – trovejou Ulf.

– Espere por mim, Liot! – Estein bradou, investindo contra a popa seu escudo vermelho. – Tem um bebê seguindo você!

Helgi, o tempo todo ao lado dele, agarrou-o pelo braço.

– Nossos homens estão se rendendo no barco de Thorkel. Osmund está a bordo. Se não voltarmos, o navio vai ser tomado.

Com um gesto de desespero, Estein se virou para comandar:

– Voltar, homens, voltar! Parece que Thorkel precisa de todos os amigos – ele gritou. Para Helgi, completou: – Está tudo perdido. Só nos resta vender a vida bem caro agora.

Já era tarde demais quando chegaram. Nessa altura, os homens de Thorkel subiam aos tropeções a bordo do barco de Estein, com Osmund, o Nariz de Gancho no encalço. O próprio Thorkel se agigantava na amurada encarando os inimigos com uma grande lança se projetando às costas.

Agora era só uma questão de tempo. Contando com um navio apenas, cercado por todos os lados, seus homens exaustos pela tempestade e pelo combate, havia um único destino em vista para o reduzido grupo de Estein. Apesar de tudo, defendiam seus postos com tanta determinação e tanto entusiasmo quanto se a luta tivesse acabado de começar. Confirmando que todo esforço para subir a bordo dessa embarcação seria inútil, por algum tempo, os vikings orkneys se limitaram a lançar uma chuva contínua de dardos e pedras. Um a um os defensores foram perdendo a vida e, por fim, quando a linha de escudos revelou brechas maiores, Liot e Osmund, cada um de um lado, invadiram juntos o barco de Estein.

– Volte para a popa, Helgi! – Estein gritou. – Para a popa, homens! Não vamos segurar o passadiço. Um só homem cansado não dá conta de cinco descansados.

Por último, na fila dos homens, ele desceu do passadiço que rodeava a parte média e aberta do barco para chegar à cobertura da popa, seu escudo vermelho pontilhado de dardos como uma almofada cheia de alfinetes.

No castelo da proa, o velho Ulf ainda se aguentava com a ajuda de uma meia dúzia de sobreviventes duros na queda, de todos que tinham ido para o combate com ele no início daquela manhã.

– Finalmente, chegou a minha hora, Thorolf – ele afirmou para um sujeito enorme, natural das terras altas, que parecia estar desemaranhando alguma coisa de sua armadura metálica. – Nesta noite, terei uma história de bons combates para contar para Odin. Antes de cair, porém, ainda vou derrubar mais um ou dois desses vikings. Você vem comigo, Thorolf? Ao passadiço e depois até Valhalla?

Com um puxão violento, o gigante arrancou uma lança enterrada no flanco. Seu sangue esguichou em Ulf quando deu um passo adiante para se firmar melhor.

– Vou na frente – ele decidiu, e então despencou no chão com estardalhaço.

– Morre aqui um bravo! Camaradas, vamos com ele até Odin!

Junto com o capitão do castelo de proa, saltou para o passadiço. Com golpes impetuosos do machado rodando no ar para depois atingir os inimigos na cintura, foi derrubando-os a torto e a direito, tentando acertar um golpe tremendo em Osmund Nariz de Gancho. Rápido como um raio, Osmund ergueu o escudo e avançou para o inimigo, espada em punho. A ponta de sua espada atravessou-lhe o peito e saiu pelas costas, entre os ombros. No mesmo instante, o machado veio ao chão. A borda do escudo foi cortada como se fosse papel e uma lâmina entrou direto na nuca de Nariz de Gancho. Os dois bravos rolaram juntos pelo passadiço.

Na popa, o embate final seguia com fúria. Por mais que estivessem feridos e exaustos, os últimos homens de Estein lutavam com muita coragem contra seus inimigos. Em volta do escudo vermelho de seu comandante, venderam caro a própria vida.

Seguiram-se alguns minutos de trégua na luta e os homens conseguiram respirar um pouco.

Com amargura, Estein previu:

– O próximo ataque será o último.

– Os navios deles estão se afastando! – alguém alertou.

– Nós é que estamos indo embora – disse outro.

Helgi gritou:

– Olhem para frente! Ainda podemos enganá-los!

Os homens olharam à sua volta com espanto; uma coisa muito estranha havia acontecido. Tinham sido levados por uma das temíveis marés cheias

cheias das ilhas Orkney e, durante todo o tempo em que combatiam, foram arrastados com crescente velocidade mais além de ilhas, outeiros e arrecifes. O cenário tinha mudado completamente. Agora, encontravam-se num canal bem mais estreito, balançando como aves marinhas, impotentes contra a maré. Encostas cobertas de urzes estavam ao alcance da mão e bem à frente a espuma das ondas ao escorrer pelos paredões deixava entrever as pontas negras das rochas submersas.

Os outros barcos tinham sido desviados pelo redemoinho das correntes e agora se espalhavam rapidamente por uma área extensa, todos tentando escapar dos bancos de coral. Somente os quatro barcos enganchados – de Estein, Thorkel, Liot e Osmund – seguiam sem resistência como um bloco só, rumo aos rochedos.

Liot enxergou o perigo e ergueu a voz para alertar:

– Que nenhum dos meus homens mexa um remo até que Estein Hakonson caia morto naquele deque. Ainda temos tempo para acabar com eles. Avançar, homens de Liot!

Numa corrida selvagem e enfurecida, os homens avançaram para a popa. Um após outro caíam os defensores esgotados pela batalha. Liot e Estein se viram cara a cara, espada contra espada. O escudo vermelho foi rasgado de cima a baixo por um golpe da lâmina do assassino de bebês e, no mesmo instante, a espada de Estein desceu do alto com toda a força, mas foi detida pela machadinha de guerra do viking, neutralizando-a.

– Estein! Agora, você é meu! – bradou seu inimigo, que acabou engolindo as próprias palavras quando Estein se atirou contra ele, na altura da cintura, adaga em punho, e o derrubou de comprido no deque. Quando caíram, os barcos colidiram com estrondo e os dois foram lançados sobre as tábuas do piso, ensopadas de sangue. Dois barcos logo atolaram e outros dois se soltaram, avançando sobre a primeira barreira de corais, estabilizando-se na altura da proa.

Em desabalada correria, os homens se atiravam das amuradas e criavam amplos leques de água, enquanto saíam correndo para fugir do mar. Tanto do atacante como do atacado, os barcos desertos e fadados a naufragar afundaram naquelas ondas turbulentas. Atordoado, Estein tinha sido arrastado para longe da cintura de seu inimigo, sobre o qual tinha caído de cabeça.

Uma mão amiga começava a puxá-lo para o lado, e ele ouviu a voz de Helgi, que o chamava:

– Você consegue nadar?

Depois, teve a lembrança confusa de ser arrastado por uma correnteza terrível, agarrado o tempo todo a algo que mais tarde descobriu ser uma tábua salvadora. Então, perdeu os sentidos.

A ILHA SAGRADA

Quando recuperou a consciência, Estein percebeu como lhe doíam a cabeça e o corpo, todo coberto de ferimentos. Depois sentiu como estava encharcado e gelado até os ossos. E foi quando descobriu que não estava sozinho. Sua cabeça repousava em algo macio e duas mãos lhe cobriam as têmporas.

– Helgi… – disse.

Uma voz que não era a de Helgi respondeu:

– Graças aos santos ele está vivo!

Estein abriu os olhos e viu um par de olhos intensamente azuis que o fitavam de volta. A linda jovem de mãos macias era quem o observava de muito perto. Devia ter uns 17 anos e era no seu colo que estivera deitado.

Estavam sentados numa plataforma de pedra que sobressaía à beira d'água. Aos seus pés, Estein sentia a tábua salvadora bater suavemente, ao sabor das ondas que iam e vinham.

Ele a olhava em tal silêncio e com tanta intensidade que os olhos azuis baixaram e um suave rubor coloriu as faces da moça.

– Você está ferido? – ela perguntou. Falava em um idioma norueguês, mas com um agradável sotaque estrangeiro. Era tão bela e delicada que a ideia de ninfas e sereias passou pela cabeça daquele viking.

– Ferido? Bom, devo estar – ele respondeu. – Mas acho que mais machucado do que furado. Se eu conseguir ficar em pé... – ele se levantou. Escorregando nas algas, entrou silenciosamente na água.

A moça gritou. Mas, quando voltou nas mesmas condições, só mais molhado ainda, uma irresistível onda de riso a dominou. Esquecido de como lhe doía a cabeça, ele riu com ela.

– Perdoe-me – ela disse. – Não pude deixar de rir, apesar de certamente você não estar com disposição para dar uma risada. Eu pensei que você tivesse se afogado.

– Acho que por sua causa isso não me aconteceu. Você me achou na água?

– Um pouco dentro, um pouco fora. Tive que puxar bastante até tirar você todo.

Num impulso, Estein tirou do dedo um grande anel de ouro e, fiel ao costume daqueles tempos de presentear, estendeu-o para quem lhe havia salvado a vida.

– Não sei o seu nome, bela jovem – ele disse –, mas uma coisa eu sei: você me salvou a vida. Aceita este presente viking que lhe ofereço? É tudo que o mar me deixou.

– Não... guarde os presentes para quem os merece. Não teria sido cristão da minha parte deixar que você se afogasse.

– Você usou uma palavra que desconheço. Mas pensei que poderia aceitar este anel.

– Não, não! – ela exclamou, decidida. – Teremos tempo suficiente para falar de presentes quando eu tiver merecido – Então, acrescentou com uma ponta de orgulho: – Não que eu queira merecer presentes. Mas você está ensopado e ferido. Venha comigo até onde possa lhe oferecer um abrigo, apesar de pobre.

– Qualquer abrigo vai ser bom. Mas, se eu for, mesmo assim gostaria de saber o que foi feito dos meus companheiros.

Buscou atentamente avistar qualquer sinal de homens no canal, mas por toda a sua extensão não havia nem amigo, nem inimigo. A menos de dois mil metros de distância, o recife fatal, desnudado pela maré baixa, exibia seu perfil de pontas negras sobressaindo em meio às águas, mas não havia vestígio visível de nenhum barco. A julgar pela posição do sol, já passava bastante da metade do dia, então ele sabia que devia ter ficado inconsciente por algumas horas. Naquele intervalo, os vikings que tivessem escapado dos recifes evidentemente teriam içado as velas e escapado, deixando para trás somente os mortos no canal.

– Eles se foram – ele disse, virando-se de volta. – Amigos e inimigos, mortos ou afogados, como eu estaria, se não fosse por você, bela jovem.

Lado a lado, escalaram as rochas em silêncio até alcançarem uma trilha para carneiros, varrida pelo vento, por onde chegaram ao topo de um morro coberto de urzes.

No início, andaram em silêncio, com a jovem à frente, andando rápido pela trilha estreita. Estein reparava nos cabelos loiros que o vento soprava e criou um emaranhado que expunha-lhe o pescoço. Percebeu como era alta e esguia. Aos poucos, subindo pela encosta até chegarem a uma parte mais regular de terreno, ele enfim se colocou ao lado dela.

– Como você foi parar onde me encontrou? – ele quis saber.

– Eu estava no morro – ela respondeu – quando vi os barcos no canal e os remadores fazendo de tudo para escapar da correnteza. Depois vi que alguns tinham afundado. Os destroços vinham boiando e, como minha vista é muito boa, vi um homem agarrado a uma tábua. Então, ele veio boiando e ficou enganchado num rochedo. Pensei que talvez pudesse salvar uma vida. Então, desci até a praia, e você já sabe o resto.

– Sim, sei e preciso lhe agradecer por minha vida, por estar vivo. E também sei que nem todas as jovens teriam sido tão generosas.

VANDRAD, O VIKING

Ela sorriu e seu sorriso era daqueles que iluminam o rosto.

– Melhor agradecer à maré que foi tão bondosa e trouxe você até a areia. Se tivesse ficado no meio do canal, eu pouco teria podido ajudar. Mas você ainda não me contou como foi que se deu o naufrágio.

Estein falou da tempestade em alto-mar e da batalha contra os vikings. Como tinham caído um a um e como ele também teria sido dado por morto se não fossem as rochas e a maré.

Enquanto ouvia, os olhos dela traíam seu interesse pela história. Quando ele terminou ela disse:

– Já ouvi falar de Liot e Osmund. São os piores desalmados de todos os ladrões destes mares. Agradeça por ter escapado deles.

Ele perguntou o nome dela. Ela disse que era Osla, filha de um líder norueguês que tinha combatido em mares irlandeses e finalmente decidira ficar morando por lá. Sua filha tinha nascido e vivido a infância na Irlanda. Eram traços do sotaque irlandês que Estein tinha reparado na maneira como ela falava. Numa batalha final, seus dois irmãos tinham caído, o pai fora obrigado a fugir dali, e Osla foi embora de sua casa na Irlanda para vir com ele morar em Orkney. Ela acrescentou:

– Ele é um santo homem cristão. Antes, foi um viking famoso e seu nome era muito conhecido nos mares ocidentais. Agora, prefere que esse nome seja esquecido e só é chamado de Andreas, em homenagem a um dos apóstolos abençoados. Vivemos nós dois aqui, nesta pequena ilha isolada, distantes de todos, tentando viver como nossos antepassados.

– Deve ser uma vida tranquila para vocês – Estein observou.

– Também penso dessa maneira às vezes – ela disse, sorrindo. – E qual é o seu nome?

Estein hesitou por um instante. Um pensamento lhe cruzou a mente: "Ela não deve saber que sou o filho do rei de Sogn até que tenha realizado alguma coisa mais digna de um príncipe descendente de Yngve do que um derrotado por dois vikings orkneys". Foi quando disse que seu nome era Vandrad, o Azarado.

– Desde bem jovem tenho me aventurado pelos mares e acho que não serei boa companhia para o seu pai.

– Meu pai já conheceu outros aventureiros do mar – ela disse, com um olhar sorridente.

Nessa altura, tinham praticamente atravessado a ilha, e Estein viu à sua frente outro longo canal em cuja extremidade desenhava-se uma ilha grande e montanhosa que seguia à esquerda até onde a vista alcançava, e à direita acabava na ponta do estreito onde formava um promontório de paredão escarpado como um precipício. No meio do canal, uma ilhota verde lembrava um monstro marinho aproveitando o fim de uma tarde ensolarada.

Quando alcançaram o alto do declive que ia dar no mar numa descida bem íngreme, ele olhou ao redor com toda a atenção para tentar avistar algum sinal de vida no mar ou em terra firme. Lá embaixo, bem à esquerda, um grupo de casas pequenas em torno de um espaço com um poço indicava a moradia de um comandante. Na ilha do outro lado da água, espalhavam-se alguns sítios e, na ilhota, seus olhos conseguiram discernir um tênue fio de fumaça. Os mares desertos, assim como toda a paisagem, pareciam infundidos de um calmo isolamento.

– Aquela é a minha casa – Osla disse, apontando para a ilhota verde.

– Os antigos chamavam-na de Ilha Sagrada. Nossa casa era a cabana de um anacoreta e, como você pode ver, nossas terras são as menores. Você está satisfeito de vir para um lugar assim?

Estein sorriu.

– Se você mora aqui, estou contente – completou.

Osla fez um movimento com a cabeça que pretendeu, sem conseguir, demonstrar impaciência.

– Isso é fácil de dizer agora – ela observou. – Se puder repetir essas palavras depois de ter vivido um dia inteiro como um eremita, posso começar a acreditar em você.

Desceram o morro e, num arroio que dava na praia, chegaram a uma pequena canoa.

VANDRAD, O VIKING

– Esse é o nosso grande barco – Osla explicou. – Se quiser mostrar gratidão, pode me ajudar a colocá-lo na água.

Depois de ter posto a canoa na água, ela disse a Estein:

– Agora, você pode descansar enquanto eu remo.

– Nunca tive o costume de deixar uma moça remar para mim – ele falou, enquanto tomava os remos.

– E os seus ferimentos?

– Se tenho algum, já me esqueci.

– Bom, vou deixar que reme, já que a maré está a favor, e você não vai ter de tomar cuidado com a correnteza. Quando está forte, as águas ficam turbulentas...

Estein riu.

– Vejo que estou com um timoneiro habilidoso – ele disse.

– E eu, que tenho uma tripulação com excesso de confiança – ela retrucou.

Somente os pios distantes de codornizes quebravam o silêncio do canal solitário. As notas do canto tornavam-se cada vez menos audíveis quanto mais se afastavam da terra. O sol se punha devagar entre os promontórios voltados para o mar e, quando chegaram à orla da ilhota, a quietude era total e o ar do norte esfriava rapidamente. Osla conduziu o viking por uma subida forrada de capim rasteiro até enfim alcançarem o topo, onde chegaram a um conjunto de construções tão estranhas e primitivas que a Estein pareceu difícil terem sido construídas por homens mortais.

De frente para o lado do canal limitado por terra firme, voltadas para a pequena baía, algumas cabanas monásticas marcavam o limite norte de uma igreja cristã. Esse posto avançado havia sido abandonado há muito tempo e só duas habitações, todas feitas de pedra, não pareciam desertas e largadas. Um fino tênue de fumaça subia reto para o céu no ar imóvel e, diante da entrada da cabana de onde vinha a fumaça, aguardava um homem velho e venerável. Mesmo com um discreto encurvamento das costas, ainda era bem mais alto do que o normal. Tinha sobrancelhas grossas, desgrenhadas, e sua barba cinzenta lhe cobria o peito todo. Trazia um manto longo e volumoso, já descolorido pelo tempo, amarrado na cintura por um pedaço de corda; na mão, segurava um grande cajado.

Quando Estein chegou mais perto, as sobrancelhas do ancião se curvaram para indicar quanto o desagradava a surpresa, mas ele esperou em silêncio até que sua filha falasse.

– Trouxe este aventureiro que naufragou, pai – disse Osla. – Acho que está ferido, sem dúvida está molhado e com fome. Eu disse que lhe daríamos comida e abrigo e os cuidados que seus ferimentos precisarem.

– De onde veio? – o velho quis saber.

– Do canal que fica depois da ilha. Pelo menos estava no canal quando o encontrei.

– E agradeço à sua filha por não estar lá agora – Estein acrescentou.

– Qual é o seu nome?

– Sou conhecido como Vandrad, filho de um nobre, dono de terras na Noruega.

Por um momento, o velho deu a impressão de que iria perguntar mais sobre a família do forasteiro, mas, em vez disso, indagou:

– E por que veio para estes lados?

– A razão disso é o vento, não eu. Orkney é o último lugar que eu pretendia conhecer.

– Você foi a pique?

– A pique, e fiquei na água a noite toda.

Num tom mais cordial, o velho disse:

– Enquanto estiver aqui é bem-vindo a partilhar o que podemos oferecer de melhor. Esta cabana é toda a minha moradia, mas, como você veio a esta ilha, entre em paz e descanse.

Curvando-se para passar o umbral de entrada, Estein deu um passo para dentro da morada de Andreas, o eremita. Iluminada apenas por uma janela pequena e pelo clarão da lenha que ardia na lareira, o aposento estava tomado pela penumbra, mas ali não parecia haver nada que fizesse aquele pirata parar na entrada. Aquilo era um rolo de fumaça que estava vendo? O vento tinha mesmo soprado de repente, mesmo com a quietude da noite? Ele teve a sensação de ter visto um rosto que logo desapareceu e uma voz distante que lhe soprava um aviso.

– Não se impressione com a nossa pobreza. Não há nenhum inimigo pior do que isso aqui dentro – Osla garantiu com um toque de ironia, quando Estein se mostrava indeciso por um instante.

Estein não disse nada, mas adentrou rapidamente o aposento. Será que tinha mesmo ouvido uma voz de além-túmulo, ou seria só a imaginação de uma cabeça ferida? Era uma impressão tão insistente que ele se deixou levar momentaneamente pelo devaneio, e as palavras dos anfitriões ficaram perdidas. Ele conhecia aquele rosto, tinha ouvido aquela voz antigamente, mas no caleidoscópio de sua memória não conseguia achar um nome que lhe correspondesse, nenhum acontecimento a que pudessem se ligar.

A voz de Osla o trouxe de volta.

– Pai, precisamos lhe dar de comer e beber rapidamente. Está quase desmaiando, nem nos escuta.

O tumultuado combate a que tinha sobrevivido foi logo esquecido quando lhe deram de comer e delicadamente cuidaram de seus ferimentos. Uma chaleira apitava sua melodia sonolenta e parecia lançar sobre um feitiço irresistível. Como num sonho, ouviu o eremita fazer a prece da noite. A súplica, eloquente e breve, enunciada no seu dialeto próprio, era mais audível que o canto das aves no poleiro lá fora e terminou num silêncio reverente. Depois, na companhia do crepitar mais amistoso da lenha no fogo, Osla e ele separaram-se até romper o dia.

Estein e o eremita foram para fora, respirando o frescor da noite.

– Quem visita a Ilha Sagrada deve se contentar com travesseiros duros – Andreas avisou. – Aqui, nesta cabana, você terá uma coberta e um leito de pedra. Que Cristo o acompanhe durante a noite. Com essas últimas palavras, virou-se e voltou para dentro do cômodo praticamente vazio.

Estein ergueu os olhos para as estrelas, cintilando tão serenas sobre ele, naquele lugar, quanto sobre o viking que há bem pouco tempo palmilhava o deque do próprio barco. Por um instante, ouviu o canto das aves, mais alto e sofrido do que antes. Então, lá no alto, viu um par de olhos azuis e ouviu uma voz que traía um leve tom de zombaria. Quando curvou a cabeça e entrou novamente na cabana, sorria para si mesmo por ter tido aquela visão tão prazerosa.

O FEITIÇO DA ILHA

O sol da manhã banhava a Ilha Sagrada. Sombras de flocos de nuvens corriam umas atrás das outras pelos morros e através do canal. Mais além dos promontórios, o mar azul brilhava calmamente.

Numa encosta gramada em que despontavam algumas rochas, Estein sentou-se ao lado de Osla, sorvendo o ar fresco da manhã. Ela já havia ordenhado a única vaca que possuíam, assado pães em quantidade suficiente para aquele dia e agora, concluídas suas tarefas domésticas mais simples, estava livre para dar atenção ao hóspede.

– Uma pena que meu pai esteja de mau humor – ela disse. – Seu estado de ânimo muda sempre. Não sei quando nem por quê. Hoje, amanhã talvez, quem sabe por quatro dias ou mais, ele só vai ficar sentado na cabana, ou no capim diante da porta, sem dizer uma única palavra, mal me respondendo quando falo com ele. Não lhe dê atenção; ele não pretende ser grosseiro com o nosso hóspede.

– Parece que ele não gosta de mim – Estein comentou. – Você disse que ele veio para cá para se afastar das pessoas e agora tem de aturar um desconhecido, viking ainda por cima.

– Não é por isso – ela esclareceu. – Esse mau humor acontece quando estamos sozinhos; às vezes, vem quando uma tempestade está se formando, às vezes quando faz bastante sol. Não sei dizer quando ele vai ficar melancólico, nem quando ficará normal de novo. Quando está bem da cabeça, conversa comigo durante horas e me ensina muitas coisas.

– Ele ensinou a você a religião em que acredita? Você sabe que deuses ele adora?

Osla arregalou os olhos, perplexa e completamente surpresa. Dificilmente se sentia à altura da missão de converter esse pagão, mas de todo modo seria uma pena não tentar. Então, com a imprecisão entusiástica das mulheres, falou-lhe do novo credo baseado no amor, tão nitidamente ilustrado naqueles tempos pela Europa cristã, convulsionada por guerras.

– E os deuses que eu e meus ancestrais adoramos há tanto tempo? Que lugar ocupam no Valhalla do Cristo branco?

– Não há outros deuses.

– Não há Odin, nem Thor, ou a Freya do tempo ameno, não há Valhalla para as almas dos bravos? Não, Osla, eu fico com os meus deuses e você, com os seus. A minha é a religião dos meus companheiros, do meu pai, dos meus ancestrais. – Depois de um instante, continuou: – Você diria que os cristãos são melhores do que os adoradores de Odin? São mais corajosos, usam a espada com mais eficiência, são mais fiéis aos amigos?

– Não queremos espadas eficientes. Vocês só pensam em guerra. Vivem apenas para lutar e pilhar. Você sabe o que é perder a casa e os irmãos, tudo de uma vez, numa única batalha? Já fugiu de uma casa de teto de madeira pegando fogo? Já pediu misericórdia e a negaram? Já teve uma esposa e filhos tomados como escravos? É nisso que você acredita, não é? Diga!

– Tenho pensado nisso tudo Osla – Estein respondeu gravemente. – À noite, quando as estrelas brilham e o vento sopra entre as árvores, penso nisso. Quando olho para minha casa e vejo os lavradores no campo, e ouço as moças cantando enquanto trabalham, às vezes sinto vontade de virar um eremita, como seu pai, e me sentar ao sol para sempre.

VANDRAD, O VIKING

Então, com voz forte e comovente, Estein continuou:

– Mas não consegui ficar quieto muito tempo. O mar chama os noruegueses e não conseguimos ficar em casa. Como se fosse um gigante, a inquietação nos arrebata e atira para diante. Temos de ser homens; temos de buscar aventuras no mar ou em terra. Há inimigos a combater e ansiamos por enfrentá-los. E, se tivermos bravura, sem arriar as velas mesmo nas ventanias, se nunca nos encolhermos diante das maiores dificuldades, sabemos que os deuses vão sorrir e, se sorrirem, morreremos felizes. Nem todos somos assassinos de bebês. Fui ensinado a poupar o que não tivesse valor para a minha espada. Nenhuma jovem, nenhuma mulher até hoje foi injustiçada por minhas mãos. No entanto, tenho de singrar os mares, Osla, e lutar onde encontrar um inimigo, pois penso que é isso que os deuses me pedem, e o homem não pode se furtar ao seu destino.

Enquanto ele falava, Osla tinha os olhos fixos na maré que mudava, mas, se ele tivesse percebido, teria notado que os olhos da jovem se acendiam com o fogo das palavras do viking. Ela ficou em pé repentinamente quando ele se calou e então disse:

– Também tenho sangue nórdico nas veias. O mar me chama tanto quanto você. E, se eu fosse homem, acho que daria um péssimo eremita – erguendo um dedo em sinal de alerta, tomou fôlego para pronunciar impetuosamente suas próximas palavras: – Porém, eu sei que estaria errada. O que é esse sentimento senão a fome dos lobos? E o que são seus deuses senão nomes para isso? Os lobos também saem para caçar e, se falassem, seguramente diriam que foram chamados por Thor.

– A seu ver, então, o viking não é diferente do lobo?

– Muito pouco diferente – ela respondeu –, se têm as mesmas crenças.

Estein respondeu:

– Então, sou um lobo. E só posso tentar ficar com a boca fechada para cobrir minhas presas, recolher minhas patas traseiras e praticar a virilidade o melhor que puder.

Osla retrucou:

– Virilidade bem faminta... – e ela sorriu, apesar de tudo, e depois levou a conversa para outros assuntos.

Dia após dia, a vida tranquila da ilha transcorria com poucos incidentes e uma agradável monotonia. Havia alguma interação com mais uma família apenas e isso basicamente por parte de Osla. Na orla da ilha maior a oeste, que chamavam de Hrossey, morava Margad, um lavrador corpulento de quem obtinham seus suprimentos. Margad era um homem honesto, pacífico, cuja esposa, Gudrun, era uma pessoa generosa. Com o tempo, o amistoso casal tinha se interessado cada vez mais pela filha do eremita. Estein passava o tempo todo com ela, ouvindo-a falar e contemplando como o vento brincava com seu cabelo. Com um sentimento de crescente decepção, começou a perceber que dia a dia a via cada vez menos. Às vezes, conversavam por muito tempo, mas depois, de um modo que lhe parecia abrupto, ela precisava se afastar e ele passava o tempo em um barco pescando, ou cruzava a água e ia com ela até Hrossey e, quando ela ia visitar Gudrun, ele caçava corças e lagópodes.

Com arco e flecha, depois de longos períodos de tocaia, ele conseguia capturar e trazer para casa poucos animais, arduamente abatidos. Depois, sozinho ou mais regularmente junto com Osla no leme, ele cruzava de volta o canal, ao entardecer, para provar de uma bem-vinda refeição, passando então algum tempo diante do fogo aceso na lareira da cabana, ou acompanhando o manso desenrolar das horas da noite perto do movimento das águas na orla ou debaixo de um céu tão pálido e claro que só deixava entrever as estrelas mais brilhantes.

Ele sabia que estava apaixonado, perdidamente apaixonado. Por que outro motivo continuava na Ilha Sagrada depois que seus ferimentos tinham sarado e nada o obrigava a ficar? Débil e distante lhe vinha o eco da guerra, dos gritos das bebedeiras de comemoração. Como lembranças de outra vida, pensava em seu pai, em Helgi, nos amigos e nos camaradas. Eram ideias que o incomodavam por um instante e se dissolviam na lembrança de dois olhos azuis e na silhueta alta e esguia daquela jovem. Ele ainda falava de viagens e batalhas para Osla e às vezes ela se interessava mais do que queria admitir por uma história de algum feito heroico, ou alguma de suas aventuras. Mas a lembrança dessas coisas ia ficando cada vez mais fraca e ele falava como um velho recordando a juventude.

– Estou enfeitiçado – disse entre os dentes e acelerou os passos para cruzar o campo de urzes. Logo se flagrou dando um sorriso ao lembrar o rosto de Osla e alguma palavra que havia dito.

O mau humor do eremita passou e foi substituído por uma atitude de solene distanciamento em relação ao hóspede. Falava pouco, embora sempre com educação, e, no começo, parecia tratá-lo apenas como um acréscimo aos rebanhos que já viviam na ilha.

Certa noite, sempre fiel aos costumes dos bardos, Estein cantou uma ode que havia composto. Estavam os três reunidos em torno do fogo e ele disse que o título do poema era "Canção de guerra do rei".

> Altaneira, a bandeira do corvo
> Convida velas famintas.
> Lampejos vermelhos ao sol do meio-dia,
> Selvagens cintilam as luzes do Norte.
> As trombetas de guerra ecoam seu chamado
> E de cada um dos fiordes pedregosos
> Vêm os reis da Noruega
> Para seguir o senhor nórdico.
>
> Disparam as flechas de ponta fendida,
> Arautos anunciam a guerra,
> Chamam os corvos para a festa,
> Os de Udall vão às armas.
> Cuidem para os capacetes ficarem polidos,
> Cuidem para suas espadas apontarem para o chão
> Quando um dos parentes de Yngve
> Enviar de volta a prova da batalha!

– Viva, Vandrad, viva! – exclamou o eremita.

Admirados, os ouvintes olharam para ele e viram como os olhos do velho brilhavam, os lábios dele tremiam e como, naquele momento, ele todo tinha se transformado no viking dos mares ocidentais.

– Há muito tempo também fui um bardo. Você reacendeu o que eu achava estar morto – o eremita se pôs em pé e saiu andando da cabana noite adentro.

Por um minuto foi muito grande a surpresa para que pudessem falar. Depois Osla comentou suavemente:

– Sua magia foi forte demais, Vandrad – e ela lhe lançou um olhar que ficou impresso por muito tempo na memória do forasteiro. Então saiu rapidamente atrás do pai.

Por mais de uma hora depois ele ainda conseguia enxergá-los vagamente, caminhando pela orla em silêncio, o braço dela no do pai.

No dia seguinte, o velho estava mais calado e reservado do que antes, mas de vez em quando Estein percebia que os olhos do eremita o seguiam, e as poucas palavras que pronunciava tinham um tom mais amistoso.

– Cante de novo para ele – sussurrou Osla à noite. Assim, todos os dias, após o escurecer, o jovem bardo entoava seus poemas, e o eremita e a filha ouviam. Às vezes, depois de encerrado o poema, o velho viking falava de vários temas. Antes da última oração da noite, fazia rápidos relatos dos tempos antigos, relembrava cenas de sua conversão religiosa, algumas viagens e os povos estranhos que tinha visto.

Assim passavam os dias, e Estein já estava na Ilha Sagrada havia seis semanas. Nesse tempo todo, nunca tinha declarado seu amor para Osla. Ela parecia apenas amistosa, e ele se via dividido entre um desejo ardente de derrubar a barreira entre os dois e um estranho sentimento que o paralisava e alertava para que se controlasse, sem que soubesse por quê. Era uma sensação tão forte que de vez em quando imaginava que tivesse sido objeto de dois feitiços: um pela jovem da ilha e outro por algum espírito desconhecido.

VANDRAD, O VIKING

Certo dia de manhã, viu que ela perambulava pela borda escarpada que formava a barreira da ilha voltada para o mar.

– Vamos nos sentar aqui, Osla – ele convidou. – Tenho uma nova canção que quero mostrar para você.

– Preciso assar meus pães. Você não pode cantar para nós hoje à noite? – ela respondeu.

– É só sobre você. Sente-se aqui um instante… Não é comprida e você pode escapar assim que eu terminar.

Com um sorriso e um suspiro de resignação, ela concordou.

– Muito bem, vou escutar, mas não me segure por muito tempo.

– Se vai te deixar cansada, posso esperar.

– Experimente…

– Logo devo ir embora da Ilha Sagrada Osla. Já deixei os meus companheiros e o meu país há muito tempo. É difícil partir, mas isso tem de acontecer um dia e estes versos são a minha canção de despedida.

Ela ficou calada e pareceu muito concentrada em colher rosas-do-mar.

– Não posso lhe dizer por quê – ele prosseguiu –, mas hoje sinto que é novamente hora de seguir adiante. Se pudesse, eu viveria aqui para sempre, mas sei que não é o meu destino.

Então, começou a entoar seu canto de despedida:

"Não podes te permitir um suspiro, bela Osla?

Está escrito que devo partir.

Será que alguma vez pensarás em Vandrad, quando os ventos do mar soprarem com força?

Será que a lembrança do meu amor, com a ausência, ficará mais fraca?

Não podes te permitir uma lágrima, doce Osla, quando eu partir desta linda terra?

Será que sonharás com Vandrad alguma vez, quando as ondas rebentarem na costa?

Será que a imagem de horas agradáveis conterá a marca do tempo?

Osla, quando eu me comportar com bravura, em meio ao fulgor das espadas, e os exércitos se encontrarem como torrentes,

Quando a neve das montanhas tiver derretido,

A imagem do teu sorriso de aprovação será a minha única recompensa.

Adeus, doce Osla dos olhos azuis!

Este rei do mar não deve ficar, mesmo com a riqueza de tesouros como o verão e um sorriso tão luminoso quanto o mês de maio.

Mas de uma esperança não me despeço: a de que um dia nos encontraremos de novo!

– Então, você está indo embora? – ela disse, com uma suavidade que ele ainda não tinha ouvido em suas palavras.

– Você quer que eu fique?

– Não, se você deseja se aventurar pelos mares de novo, combater e saquear, como é dever dos bravos – ela exclamou, com um laivo de zombaria. – Se o seu destino é partir, por que eu atrapalharia? Significo alguma coisa para você?

Sem dar a ele tempo para responder, ela se levantou e, ligeira, saiu correndo.

ANDREAS, O EREMITA

Naquele mesmo dia, Estein remou sozinho até Hrossey e escalou o morro munido de seu arco e algumas flechas. Andou por alguns quilômetros pelos de charcos e fez uma pausa demorada no alto de um morro de onde podia descortinar o amplo horizonte do interior daquele país.

Ficou ali sentado por um longo tempo, perdido em seus pensamentos. Lá embaixo, divisava um vale que logo se abria num trecho de planícies irrigadas por muitos lagos e delimitadas por encostas cobertas de urzes. Por toda a volta, em breves lampejos entre cristas de morros e em amplas extensões contínuas de terra que demarcavam as áreas mais baixas, o mar aberto circundava a ilha. Aos poucos, a quietude daquele lugar e o frescor do ar tomaram seu ser e, finalmente, ele caiu no sono. Começou a sonhar. Primeiro, eram imagens confusas de eventos e rostos apressados; depois vieram cenas mais distintas e vívidas. Pensou que tinha aportado na Ilha Sagrada. Estava escuro, mas parecia ver claramente uma pessoa, envolta num manto comprido, andando à sua frente na direção das cabanas. Não era Andreas, nem sua filha. Com algumas dúvidas, acelerou o passo e ficou à frente daquela figura justo quando estava prestes a entrar na cabana do eremita. Então, de repente, pareceu ocorrer-lhe que aquele não era um visitante mortal e, tomado por uma súbita onda de medo, parou. Naquele instante, a figura lhe mostrou o rosto coberto por um pano e disse com severidade e tão claramente que as palavras ainda soavam em seus ouvidos quando ele acordou:

– O que TU fazes aqui, Estein Hakonson?

Despertou com um sobressalto, a testa brilhando de suor. Era a segunda vez que ouvia aquela voz. A outra tinha sido para alertá-lo, quando entrou na cabana do eremita pela primeira vez. Mas agora, como antes, não conseguia ligar nenhum nome ou circunstância a essa voz.

De súbito, a profecia de Atli lhe voltou à mente: "Você será alertado, mas não prestará atenção". Apesar de tudo, sua mente foi tomada por uma sensação de mau agouro.

Um bando de corças pastava em liberdade numa encosta distante. As horas passaram, e o sol já estava baixo a oeste, na linha do horizonte, e ele continuava sentado ali sozinho.

Finalmente, ficou em pé e retornou pelo mesmo caminho rumo à costa. A maré subia com força, e ele precisou se empenhar no remar para vencer a distância até o outro lado. O crepúsculo de verão, que nunca se torna escuro de verdade no Norte, já tinha descido quando atracou.

Olhou à sua volta como se esperasse ver uma figura embrulhada num manto despontar da escuridão, mas a ilha estava deserta e silenciosa. Por um instante, parou diante da cabana. Repetiu para si mesmo:

– Você não prestou atenção ao aviso. Apesar disso, o que está fadado será – então, entrou.

O eremita estava sozinho. Margad, o lavrador vizinho, tinha vindo procurar Osla, pois sua esposa não estava bem e aquelas pessoas crédulas pensavam que a filha do mago – que era como viam padre Andreas – poderia ter algum efeito curativo.

Andreas andava de lá para cá sem dizer nada em voz alta, mas resmungava sem cessar. As lendas sobre magia negra e mudanças de forma vieram à lembrança do viking. Conforme olhava o velho eremita ir e vir diante do fogo na lareira, e a enorme sombra distorcida deslizava seguidamente pelas paredes da cabana, pelo menos duas vezes imaginou que estava começando a ver o início de alguma horrenda mutação.

De súbito, o eremita parou, olhou seriamente para Vandrad e exclamou:

– Cante uma canção de guerra para mim! – então Estein viu que uma mudança tinha de fato acontecido. A aura sombria tinha desaparecido e cedia espaço a um ar de excitação incomum. Era o espírito do aventureiro dos mares que retornava.

Estein pôs as ideias em ordem e entoou a canção da Batalha de Dunheath que começava assim:

> *Muitos foram os comandantes que beberam hidromel*
> *Quando o sol subiu na planície,*
> *Mas pequeno foi o grupo que cuidou de suas feridas*
> *Quando a treva cobriu as urzes.*

Ditas estas últimas palavras, o eremita começou a falar com fluência e excitação, num entusiasmo que era novo para seu hóspede.

– Houve um tempo em que eu cantava muito essas histórias – ele disse. – Cruzava os mares com meu longo barco, e os homens temiam o meu nome, temiam a mim, Andreas, um homem de Deus. Naquela época eu era pagão, assim como você. Adorava os deuses nórdicos e o martelo de Thor era meu símbolo no oceano. Não poupei ninguém que tentou atrapalhar meu caminho. Destas mãos pingou o sangue de inimigos e muitas foram as viúvas que deixei desconsoladas.

Andreas fez uma pausa enquanto uma labareda repentinamente se projetou do fogo e encheu a cabana de forte luminosidade.

– Fogo! – exclamou o velho. – Fogo como esse levei aos meus inimigos! Eu os queimei como se fossem ratos! Deixei suas moradas ardendo em chamas! Ouça, Vandrad, e eu lhe falarei de um feito que tornou meu nome conhecido por todas as partes do Norte – depois acrescentou: – Agora sou um cristão e minha alma está a salvo em Cristo. Certa vez fui ferido e jurei me vingar. Hakon, rei de Sogn, homem orgulhoso e severo, baniu meu irmão, Kolskegg, por ter cometido um assassinato. Essa morte tinha sido um ato de justiça contra um homem que tinha enganado uma parente nossa, mas o morto tinha muitos amigos, e o rei não atendeu nem as ofertas de reparação feitas por Kolskegg, nem os meus pedidos... deste que nunca tinha pedido nada de qualquer mortal até então! Meu irmão era grande amigo do rei, inclusive padrinho de seu filho mais velho, Olaf. Enfraquecido, ele abaixou a cabeça e saiu de lá. Quando fiquei sabendo que ele tinha partido, apertei minha espada, mesmo na bainha, com tanta força que o sangue me pingou pelos dedos. Eu o amaldiçoei em voz bem alta por sofrer calado e permitir que tamanho insulto a nossa família ficasse sem vingança. Nossa linhagem é tão antiga e orgulhosa quanto a dos próprios reis de Sogn, e eu jurei que Hakon ainda se arrependeria desse dia. Eu ainda era pagão nesse tempo, Vandrad.

Andreas disse as últimas palavras com brilho nos olhos e os lábios apertados, como se se vangloriasse da lembrança de sua antiga fé. Com o mesmo amargo prazer de recordar, prosseguiu:

– Eu e outros dois enviamos a flecha fendida para todo o vale e reunimos um número de homens armados suficiente para encher três barcos. Sim, a viagem de Thord, o Alto, Snaekol Gunnarson e Thorfin de Skapstead ainda não caiu no esquecimento, na Noruega. Fomos a Laxafiord, pois ali morava Olaf, filho de Hakon. Você soube dessa história – ele exclamou de repente –, soube do incêndio?

– Continue – Estein respondeu, com um tom de voz seco, duro. – Estou ouvindo. – Enquanto isso, sua mão direita tateou o lado do corpo.

O eremita prosseguiu:

– Foi um feito que ecoou através da Noruega inteira. Chegamos à noite e vimos as luzes do grande salão em meio aos pinheiros. Estavam comemorando e não nos ouviram chegar. Cercamos a casa e empilhamos molhos

VANDRAD, O VIKING

de gravetos junto às paredes. Eles ainda não nos ouviram. A noite estava escura, Vandrad, muito escura até atearmos o fogo que foi visto mesmo por quem estava nas ilhas de fora. Então nos ouviram e sentiram o cheiro da fumaça. Vieram correndo para as portas. Atingi o primeiro homem que saiu, pois ninguém na Noruega era tão ou mais habilidoso com as armas do que eu. Então, nós os empurramos para dentro e trancamos a porta. Às vezes, à noite, ainda ouço os gritos que lançaram. Nunca houve um incêndio parecido na Noruegá. Não poupamos ninguém, nenhuma alma. Pediram que deixássemos as mulheres saírem, mas tínhamos ido até lá para matar, não para poupar vidas. Eles berraram, Vandrad, gritaram até o teto cair em cima deles e então morreram. Minha alma está a salvo com Deus, e eles estão na mais negra escuridão. Lá ficarão gritando para sempre.

Ele se calou por um minuto e depois retomou a fala com a mesma intensa excitação:

– Agora, você sabe quem sou: Thord, o Alto, o homem que incendiou Olaf Hakonson.

– E onde estão Snaekol Gunnarson e Thorfin Skapstead? – Estein falava com dificuldade, a mão direita fechada sobre algum objeto que trazia à cinta.

– Os dois estão mortos. Morreram pagãos, e suas almas estão tão irremediavelmente perdidas quanto a de Olaf Hakonson. Sou o último dos incendiários.

A voz de Thord, o Alto, se calou. Estein curvou-se para frente e a mão, longe da lateral do corpo, segurava algo que faiscava à luz das chamas.

De um salto, o eremita se pôs em pé.

– Osla! Estou ouvindo Osla! – exclamou.

Estein enfiou a adaga na bainha e, baixando a cabeça sob o umbral, saiu da cabana e já estava de noite. Lá embaixo, viu um bote que se afastava da costa e bem diante dele, visível à luz fria e clara do início da noite, viu Osla.

– Cansou-se da companhia do meu pai? – ela indagou com um sorriso.

– Quero ficar só – ele respondeu e passou rapidamente por ela.

Agora reconhecia a voz que tinha ouvido duas vezes e se lembrou do rosto que passava tão depressa por sua memória.

– Você veio para me avisar, Olaf, e eu não sabia que era você! – exclamou. – Agora eu sei. Tarde demais!

Estein atravessou o trecho de mato rasteiro a passos rápidos. O sagrado dever da vingança o chamava com uma veemência que nem se pode imaginar. Tinha jurado que não perderia nenhuma oportunidade de vingar quem tinha posto fogo em seu irmão. Muitas vezes buscara informações sobre os culpados e sempre renovara a mesma resolução. Agora que tinha encontrado seu inimigo, seria capaz de simplesmente deixá-lo escapar?

No entanto, aquele homem o havia acolhido; ele comera do seu pão e dormira sob seu teto. Suas mãos estavam atadas por um laço mais forte ainda: "Osla, Osla, por sua causa vou ser infiel ao meu juramento e ignorar o dever para com meus companheiros!"

Então, a clara lembrança de Thord, o Alto, contando como tinha ateado fogo, cruzou com força sua mente e mais uma vez sua mão buscou a adaga. Sua respiração se acelerava até que a visão de Osla varreu para longe todos os outros pensamentos.

O tempo passou até ser quase meia-noite. Aos poucos, a cabeça dele entrou de novo em ordem.

Estein disse para si mesmo: "Estou nas mãos do destino. Que aconteça comigo o que tiver de ser".

O céu do Norte ainda mostrava os lampejos vermelhos do ocaso, lentamente se encaminhando a leste, rumo ao nascer do dia. Terra e mar eram visíveis, mas uma penumbra os envolvia numa luz tão fantasmagórica quanto um recinto fosforescente. As ondas, preguiçosas, vinham lamber de leve as rochas e tudo o mais naquele mundo parecia tranquilo.

– Chegou o fim – Estein disse.

De repente, em meio às águas brilhantes do canal, vislumbrou uma mancha preta estranha, distante e de contorno impreciso. Gradualmente, parecia vir se aproximando até que, olhando para ela com toda a atenção, Estein esqueceu seus pensamentos, tomado por uma crescente curiosidade.

Então aquela forma se definiu e, através da água, veio o rumor ainda fraco da batida de remos fendendo a superfície e das vozes de homens.

VANDRAD, O VIKING

Conforme se aproximavam, Estein se agachou atrás de um banco de areia e passou a acompanhar a aproximação do grupo, sentindo uma forte admiração e um tanto de assombro.

"Os deuses mandaram me procurar", ele pensou.

Estavam sendo levados pela correnteza na direção do lugar onde ele estava e, naquele momento, atracaram nas rochas. Conversaram em voz baixa por alguns minutos e logo um homem desembarcou e subiu a encosta. Contra a luz de fundo do anoitecer, ele se projetava claramente: era uma figura alta, com uma cota de malha, que caminhava a passos confiantes.

Estein esperou até ficar de frente para ele e então saltou diante do desconhecido, empunhando sua adaga:

– Quem é você? – ele exigiu saber.

A mão do sujeito foi direto para a espada, mas, ao ouvir a voz de Estein, caiu de novo.

– Estein, meu caro irmão! – ele exclamou.

– Helgi!!

Helgi abriu os braços e o envolveu afetuosamente, emocionado e sem se esforçar para disfarçar seus sentimentos quando falou:

– Estein, meu irmão! Achei que você realmente estivesse em Valhalla. Chorei por você, Estein. Lamentei sua perda como se estivesse morto. Diga-me que é você mesmo e não algum fantasma da ilha que veio zombar de mim!

Aquele abraço do amigo e sua voz tão sincera, naquele momento de tamanha aflição, comoveram Estein profundamente.

– Sou eu, sim, Helgi – ele disse. – Nunca me senti tão feliz de ver alguém e apertar-lhe a mão. Como chegou aqui? Pensei que tinha me perdido de meus amigos para sempre. Faz tanto tempo que estou só que todos vocês me pareceram figuras de sonho.

Helgi lhe contou rapidamente como tinha nadado até a praia de outra ilha e tinha sido recolhido por Ketill, o capitão de barba negra de um dos barcos desgarrados da frota de Estein. Como, desistindo de todas as esperanças, navegaram para o Sul e, depois de serem abençoados por ventos favoráveis e um pouco de sorte, tinham voltado para as ilhas Orkney. Lá, tinham sabido, por um homem que visitara Margad, que um estranho chegara à Ilha Sagrada.

– Dizem, Estein, que seu eremita tem um filha linda. Pensei que ela talvez gostasse de conhecer seu irmão adotivo, o que acha?

– Não, Helgi, não me faça mais perguntas, apenas me leve embora depressa. Estou enfeitiçado neste lugar, não confio que seja capaz de ficar aqui nem mais um minuto.

– Conheço esses feitiços, Estein. Foram lançados nos meus homens por outras donzelas no passado. Melhor levar sua feiticeira com você. Dá muito azar quebrar esses encantamentos tão de repente.

– Não faça pouco-caso, Helgi – Estein disse, tomando-o pelo braço e levando-o às pressas encosta abaixo, na direção da praia. – Esse feitiço significou mais para mim do que você pode imaginar.

– Pelo martelo de Thor! – exclamou Helgi, parando de repente. – Essa sem dúvida é a bruxa mesmo.

Estein olhou à sua volta e, recortada contra o céu, viu a silhueta esguia que conhecia tão bem.

– Espere por mim, Helgi – ele disse –, ainda estou enfeitiçado.

Colocando-se de novo em movimento subitamente começou a subir a encosta em passos acelerados.

– Osla! – ele chamou e parou de repente.

– O que significa isso, Vandrad? – ela perguntou.

Seus olhos arregalados traíam surpresa e perturbação. Olhando para o rosto dela ali no alto, ele pensou que ela nunca fora mais bela.

– Vieram para me buscar, Osla, e devo ir. Adeus! Esqueça-se de mim.

– É assim que você nos deixa? Sem se despedir nem dizer para onde vai?

– Eu não sabia quando viriam. Já tinha dito a você que precisava ir embora e buscar o mar de novo. Aconteceu antes do que eu esperava.

Ele tomou as mãos dela.

VANDRAD, O VIKING

– Adeus! – repetiu.

Ela desviou o rosto.

– Eu achava que você ia se cansar de nós – ela disse, e sua voz estava sumida.

– Jamais, Osla, jamais! Mas o destino foi forte demais para mim. Estão à minha espera, agora, então preciso partir.

– Adeus, Vandrad! – ela disse, erguendo os olhos e ele viu que estavam cheios de lágrimas.

– Osla! – ele gritou e a puxou para si. Ela se deixou ficar por um instante, mas depois se soltou de repente e começou a andar para longe dali.

– Adeus! – ela disse mais uma vez e sua voz parecia um soluço.

Como Estein achava que não conseguiria dizer mais nada, virou-se e se apressou para chegar ao barco.

Afastaram-se da terra em silêncio, os remos afundando nas águas tranquilas do canal. Estein partia da Ilha Sagrada.

O GRANDE SALÃO DE LIOT

Estein ficou sentado na popa, calado, durante toda a madrugada. Embrulhado em seu manto, Helgi se jogou no deque ao lado do amigo e pegou no sono, de coração aliviado, enquanto o barco, deslizando através do canal no embalo da maré, rumava para oeste ao encontro das grandes ondas do Atlântico.

A escuridão se instalou na mente de Estein. As lembranças prazerosas vinham distorcidas pelo fantasma daquela antiga rivalidade de sangue. Seu irmão assassinado clamava por vingança. No marulhar das ondas e no rangido das madeiras, ele ouvia o eremita narrar de novo a história do incêndio. Em meio a todos os ruídos, ele ainda ouvia uma voz exclamando "Adeus! Adeus!".

Nessa época do ano, o sol nasce cedo. Com ele, a brisa ficou mais fresca e, um a um, os homens a bordo acordavam e começavam a se movimentar. Não obstante, seu líder continuava mudo.

Finalmente, Helgi se sentou, esfregou os olhos e, olhando para Estein, sorriu. Entredentes, murmurou: "Acho que está muito apaixonado".

Ao cabo de um tempo, Estein notou que era observado. Passando a mão pela testa como se quisesse varrer os pensamentos, perguntou com voz esgotada:

– Para onde vamos agora, Helgi?

– Seu feitiço precisa de um remédio violento. Pensei numa coisa que pode curar isso. O que você acha de deixar Liot Skulison ficar sabendo que não acabou com todos nós? Aqui temos mais dois, além de nós, que escaparam ao destino de Thorkel e de nossos companheiros, todos acham que devemos alguma coisa a Liot. Vingança parece bom?

– Então Liot está vivo?

– Sim. Thor o poupou para nós. O homem de Orkney que nos levou até você tem uma rixa antiga com os assassinos de bebês e ele me disse que Liot e seus homens estão comemorando lá onde moram. Que tal atacarmos hoje à noite?

– Você é um bom médico, Helgi. Batalhas e tempestades são a melhor cura para alguém como eu.

– Acho que não posso lhe dar uma tempestade – Helgi riu –, mas você pode lutar bastante na noite de hoje. Liot mantém mais de duzentos homens ao seu redor e aqui temos em torno de setenta, contando bem.

– Já enfrentamos desafios maiores juntos, Helgi. A vida não me parece tão justa neste momento que eu vá correr de uma luta de três contra um. Vamos ao encontro de Liot onde quer que esteja e, quando o virmos, vamos dizer que venha com tantos homens armados quantos puder. Depois, deixamos que o nosso destino teça sua teia para nós.

Helgi riu de novo.

– Essa seria uma boa vingança. Deixar que Liot acabasse com a raça dos homens de Estein, uma tripulação por vez. Se Odin quer que morramos, vou tentar enfrentar meu destino estoicamente, mas não vou ajudar na matança. Não, não, Estein. Eu consigo pensar num plano melhor.

Pela primeira vez desde que estava a bordo, Estein sorriu.

– Desde que me proporcione uma boa luta com inimigos duros na queda, e com você ao meu lado, não me importa o plano que você traçar.

– Agora é você falando como sempre! – exclamou Helgi. – E acho que não vai demorar muito para você entrar no meu jogo. Vou chamar Ketill e os homens de Orkney e nós quatro vamos formar um conselho e conversar.

Ketill, o corpulento capitão do barco – aquele mesmo cujo caminho tinha sido interceptado por Atli –, um sujeito de poucas palavras e feitos memoráveis, e Azedo, natural de Orkney, vieram até a popa. Ali deliberaram por muito tempo. Helgi defendia um ataque com fogo.

– Vamos ouvir se os homens de Liot sabem cantar quando estiverem ardendo.

Ketill soltou uma risada curta e disse:

– Eu também sou pelo fogo.

Azedo acrescentou:

– Temos de apanhá-los quando estiverem bebendo. Depois que os festejos de Liot terminarem, muitos homens vão dormir nas casas em torno do grande salão, e não temos forças suficientes para cercá-los todos ao mesmo tempo.

– Não quero mais nenhum incêndio – Estein declarou.

– Quando foi a última vez em que ateamos fogo? – Helgi perguntou. – Você fala como se não tivéssemos feito outra coisa a vida inteira senão queimar nossos inimigos. Nunca ateamos fogo antes, Estein, e é melhor começar incendiando do que sendo incendiados.

– Há pouco tempo ouvi falar de um caso desses. Não é serviço de homens corajosos.

Helgi deu de ombros:

– Vamos afogar os desgraçados, então.

Ketill soltou outra curta risada gutural.

– Não, Ketill, não estou brincando. Na verdade, estou sem disposição para fazer piada. Se setenta homens de coragem não conseguem liquidar com um salão com duzentos bêbados, que virtude terão suas espadas afiadas e seu coração valente? Vamos invadir o grande salão; eu entro por um lado e vocês pelo outro, e acho que os homens de Liot Skulison não terão que se queixar de ter uma noite tranquila demais.

– Então, temos de apanhá-los enquanto estão comemorando. Depois será tarde demais só com setenta homens – respondeu Azedo, preocupado.

VANDRAD, O VIKING

– Podemos escolher a melhor hora – Estein disse. – Qualquer que seja o plano, parece que temos de ser pontuais.

Helgi riu de leve.

– Achei que você não nos deixaria dizer muita coisa, Estein, depois de devidamente provocado – ele disse. – Para mim dá no mesmo. Fogo, espada ou água: escolha o que quiser e sempre estarei ao seu lado. E, se for para você seguir para Valhalla, ora, pois vou muito alegre lhe fazendo companhia.

– Fogo seria melhor – Ketill opinou, balançando a cabeça.

O dia acabava de nascer quando o conselho de guerra chegou ao fim. Como tinham tempo mais do que suficiente antes de atacarem o grande salão de Liot à noite, voltaram à proa do barco para alto-mar a fim de escapar a eventuais vigias. Depois de se afastar alguns quilômetros da costa, a embarcação rumou para o sul e arriou as velas para chamar atenção o mínimo possível, seguindo devagar em frente, somente com a força dos remos. O dia todo o barco acompanhou a farta ondulação do mar, enquanto os penhascos ocidentais de Orkney mantinham-se fora de vista atrás daquele paredão de água; agora, porém, cintilavam à luz do sol, erguendo-se desde o vale até a crista da encosta. Em linha reta até o horizonte distante, a costa escocesa vinha se tornando cada vez mais próxima. À tarde, voltaram a seguir na direção da terra e, ao cair da noite, já estavam costeando a ilha montanhosa ao sul de Hrossey.

– Como se chama este lugar? – Helgi quis saber.

– Os homens chamam de Haey, a ilha grande. Em uma baía no sul dessa ilha é que mora Liot Skulison – respondeu Azedo, piloto temporário daquela embarcação.

Foram chegando cada vez mais perto da terra firme até que uma linha de penhascos de mais de mil metros de altura surgiu muito acima da cabeça de todos. Era uma costa sombria e inóspita. Nenhuma baía aliviava a paisagem, nenhum vislumbre do território que guardava, sombria e terrível à pouca luz do dia que ainda restava. Uma grande vaga ondulante quebrou em jorros de espuma na base do penhasco. Por toda a face daquela escarpa, os homens viam inúmeras aves aquáticas pousadas nas rochas.

57

Aos poucos, ainda velejando ao longo daquela terra hostil, foi se formando um nevoeiro vindo do mar. Com crescente apreensão, os líderes da arriscada expedição observavam sua aproximação e como iam ficando encobertos.

– E agora, Azedo? – Helgi perguntou. – Consegue nos levar até Liot com este nevoeiro?

Azedo parecia em dúvida quando olhou à sua volta.

– Acho que consigo levar vocês até lá, mas penso que vamos nos atrasar. Só podemos ir devagar e temos apenas setenta homens. Penso que pouco poderemos fazer quando os homens de Liot tiverem saído da festa.

Apoiado na cana do leme, Estein tinha se mantido em silêncio, mas, ao ouvir aquelas palavras virou-se e disse com decisão:

– Quem disse que há pouco a fazer? Ou Liot ou eu, um de nós cai nesta noite, apesar de as trevas da morte estarem à nossa volta. Vocês acham que vim até aqui para ficar sentado à toa, no meio de um nevoeiro? Ketill, diga aos seus homens que remem como vikings valentes e não como mulherzinhas amedrontadas.

O respeito pelo status na Noruega era pequeno entre os orgulhosos nórdicos e foi com apenas pequena deferência ao seu príncipe que Ketill respondeu:

– Acho que você está pedindo a morte, Estein, e não vou perder meu barco porque você logo pode se tornar comida para os peixes.

– Você também está com medo? Pelo martelo de Thor! Acho que está do lado de Liot. Eu faço essa turma remar.

– Isso você não fará – retrucou Ketill.

No instante seguinte, as duas espadas estavam quase desembainhadas. Os homens que ouviam a discussão ficaram muito surpresos com essa súbita mudança na atitude habitual de Estein com relação a seus seguidores e não conseguiram fazer mais do que assistir espantados aquele bate-boca. Seria só mais um segundo antes que as lâminas se cruzassem, mas Helgi rapidamente se colocou no meio deles.

– Mas o que é isso? – gritou. – Por acaso foram possuídos por maus espíritos e começam a brigar justo antes de uma batalha? Ketill, lembre-se de que Estein é seu príncipe. E Estein, meu irmão, qual é o seu problema? Você realmente está enfeitiçado. Bem que eu queria acabar com a bruxa de quem você se afastou. Não há nada a ganhar botando este barco a pique, e este nevoeiro está forte demais para sair correndo por uma costa destas.

Talvez tenha sido a menção à "bruxa" que fez Estein recuperar o bom senso, pois seu olhar logo se suavizou.

– Eu estava errado, Ketill. A ira dos deuses desceu sobre mim e não estou sendo eu mesmo.

Com um movimento abrupto, Estein se virou e lançou os olhos para o nevoeiro, enquanto Ketill saía da popa, com a expressão de quem estava lidando com um louco. Ainda resmungou:

– É mau negócio navegar com um líder enfeitiçado.

A ideia de que Estein estava enfeitiçado se espalhou rapidamente pela tripulação. Todos diziam que aquele nevoeiro que tinha tomado conta deles não era normal. Ao ouvir as ondas quebrando contra as rochas, falavam em voz baixa de monstros marinhos e magos e diziam ouvir vozes estranhas nos sons das ondas que explodiam. Depois, ficaram com medo de remar numa velocidade maior que a das lesmas e até chegaram a parar totalmente algumas vezes. Inutilmente, Helgi foi ter com eles, insistindo que Azedo conhecia tão bem aquelas águas que havia pouco risco. Em vão lembrou a expectativa do butim e da vingança que tinham pela frente. Enquanto falava, chegou inclusive a haver uma momentânea suspensão da névoa e todos puderam ver o penhasco imenso que se erguia tão rente ao barco que terminou por tornar inúteis suas palavras.

Os homens disseram que ali havia sinais de bruxaria, e Ketill se revelou tão obstinado quanto os demais. O barco avançava sorrateiramente à beira do penhasco e fazia um progresso tão pequeno que, desesperado, Helgi viu perdido o momento certo para o ataque.

"Ah, se tivéssemos mais dois bons barcos", ele pensou. "Então, poderíamos esperar pela luz do dia e cair sobre eles quando quiséssemos."

Novamente, Estein se deixava arrastar pelos próprios pensamentos. Nesse sombrio fatalismo, pensou que a ira dos deuses o perseguia porque tinha negligenciado seu dever para com o irmão assassinado e entendia o fracasso de sua aventura como o início de sua punição. O fogo de combater estava extinto, e o anseio por entrar em ação, sufocado. No lugar dessas emoções surgia algo que lembrava muito os feitiços que podem paralisar um homem. Ao seu lado, o amigo fiel bufava de impaciência conforme o nevoeiro se tornava cada vez mais denso e as horas escorriam com lentidão. Amaldiçoava amargamente a feiticeira da Ilha Sagrada.

Helgi pensava: "Ele fala dos deuses. Isso não é obra deles! É a magia daquela bruxa da ilha. Que os trolls acabem com a raça dela".

– O nevoeiro está levantando! – Azedo gritou de seu posto ao leme.

Os homens ouviram o aviso e pararam com suas conversas de medo. Todos olhavam ansiosamente para as fendas que se abriam naquela mortalha branca. Rolos de névoa fantasmagórica se formavam e se soltavam da massa do nevoeiro, passavam céleres pelo barco e depois se dissipavam. O céu noturno de verão, com suas estrelas pálidas, apareceu nos lagos do alto, enquanto embaixo a névoa subia da água como um vapor. Logo os grandes e terríveis penhascos se revelaram claramente à penumbra da meia-noite, e os homens excitados diziam que o feitiço tinha sido quebrado.

A maior mudança se manifestou em Estein. Quando o nevoeiro se dissipou, a luz voltou aos seus olhos e ele se virou entusiasmado para Azedo.

– Onde estamos agora? Ainda temos tempo para pegar Liot festejando?

O piloto negou com um movimento de cabeça.

– Vamos levar pelo menos duas horas para chegar à baía onde ele mora e penso que até lá a festa já vai ter acabado, pois agora é bem tarde.

Helgi mostrou desânimo e resmungou um xingamento em voz grave quando se virou para Estein.

VANDRAD, O VIKING

– O que acha? Devemos procurar alguma baía distante e voltar amanhã? – ele perguntou.

– Vim para encontrar Liot hoje à noite – Estein respondeu. Afastando-se, deu alguns passos pelo deque concentrado em seus pensamentos.

A vivacidade de Helgi retornou num instante. Cantarolando uma melodia leve, reclinado na amurada, esperava a marcha dos acontecimentos com sua habitual filosofia de despreocupação.

"Os homens tinham razão", pensou. "Foi uma névoa mágica. O feitiço foi quebrado quando o nevoeiro terminou. Agora, só falta uma luta encarniçada para que ele fique curado."

Um sorriso pesado atravessou a fisionomia de Estein e então ele chegou ao lado de Azedo, indagando:

– Você sabe onde Liot dorme naquele grande salão dele?

– Sei. Fui obrigado a segui-lo durante dois anos e sei muito bem onde fica sua cama.

– E consegue nos levar até lá no escuro?

Azedo encarou Estein com ar de dúvida antes de responder:

– Acho que sim – disse por fim.

– Mas você tem certeza?

O piloto olhou à sua volta.

– A noite está clara – ele disse – e ainda haverá uma fogueira no grande salão. Mas será uma invasão arriscada.

Estein se virou com um movimento de impaciência.

– Acho mais que você tem pouco motivo para combater Liot – ele disse e foi até onde Helgi estava.

– Então?

Estein respondeu:

– Tenho um plano.

– Já decidiu que vai pôr fogo lá? Esse maldito nevoeiro me deixou com frio e um fogo poderia me aquecer bem.

– Você já ouviu o que eu tenho a dizer contra um incêndio, Helgi. Meu plano é sequestrar Liot, que estará dormindo. Ninguém vai estar de guarda. Até os cães vão estar bêbados. Acho que não vai ser tão difícil quanto parece. Você vem comigo ao salão de Liot?

Os olhos azuis de Helgi se arregalaram e ele ria quando respondeu:

– Nunca alguém foi páreo para suas invasões no Norte, Estein. Seus planos parecem tão bem escolhidos que seus inimigos têm muito mais chance de te matar. É para deixar você sozinho na casa de Liot?

– Perguntei se você viria comigo.

– Você já sabe a resposta. Mas por que se incomodar com a carcaça de Liot? Sem dúvida seria mais fácil matá-lo onde ele estiver deitado.

– Não gosto de assassinatos no meio da noite, e Liot e eu ainda não decidimos quem é melhor. Esse é um julgamento que quero muito que aconteça. Então vamos ver o que os deuses vão fazer de mim.

– Lutar com um inimigo e depois tomá-lo como prisioneiro é bem comum, mas primeiro capturá-lo e então lutar com ele parece mais coisa de um louco – Helgi respondeu.

– Então sou louco – Estein respondeu. Dito isso, virou-se e se afastou, andando na direção de Ketill para tirar uma dúvida.

Sua crença num fatalismo talvez mórbido o motivava a buscar essa prova por meio da qual seu destino seria plenamente decidido. Também ansiava por entrar em combate, e essa ideia, assim que lhe cruzara a mente, o fascinara. Para todos os homens a bordo, porém, ele parecia apenas uma vítima de alguma magia insidiosa.

Helgi não tinha a menor dúvida de que Estein estava dominado por um feitiço e pensava: "Uma luta justa é sempre um ato mais viril do que matar em segredo, mas nem o próprio Odin iria fugir carregando o inimigo que tinha acabado com a vida de duas de suas tripulações para depois desafiá-lo para um combate homem a homem. É como se ele tivesse apanhado o ladrão que roubou metade dos seus bens e então jogasse nos dados com ele a sorte para saber quem ficaria com o resto. Mas, como dizem, todos os feitiços são mais nefastos à noite. Sem dúvida, de manhã Estein vai se contentar em dar a Liot um funeral adequado... isso se pegar o sujeito".

Quando pensou isso teve um acesso de riso.

E ainda pensou: "Que eu morra na cama como uma mulher se essa não é a pescaria mais estranha que um viking pode fazer!".

A princípio, Ketill estava decidido a recusar a aventura, mas Helgi, cujas convicções eram mais leves de assimilar quando comparadas com sua ligação com Estein, convenceu-o a concordar.

– Está com medo? – Helgi perguntou, e essa pergunta não deu chance para que o orgulhoso viking hesitasse.

Era por volta de duas da madrugada quando o longo barco cruzando as águas à sombra dos penhascos, enveredou por uma pequena baía. Aberta para o sul, era defendida dos dois lados por um promontório escarpado, afastada dos avanços da maré e das ondas do oceano a oeste. À estranha luz cinzenta daquela noite de junho, os homens podiam enxergar os contornos de um vale que se abria em meio aos morros um tanto altos que avançavam terra adentro até chegarem a uma faixa de charneca na cabeça da baía. Numa ponta de praia arenosa estavam atracados três barcos de guerra e, na encosta do morro à esquerda, um vilarejo de casas baixas se reunia em volta do grande salão de reuniões de Liot Skulison.

Mantendo silêncio absoluto, aproximaram-se da orla tanto quanto o piloto achou prudente.

– Agora, estamos o mais perto possível do ponto de contato com terra firme – ele disse, enfim, com voz grave.

O barco se lançou adiante sorrateiramente, com sua máxima lotação de homens.

– Os remadores devem continuar em posição. Pode ser preciso fugir rapidamente – Ketill resmungou com ar sombrio para seu timoneiro a quem delegou o comando da embarcação.

– Não queremos ser apanhados em hipótese alguma.

– Adiante, homens, e lembrem: quem levantar a voz só um pouco vai me parecer que se cansou de viver.

Os remos afundaram na água, e o barco tornou lentamente a se acercar de terra.

– Você sabe onde atracar, Azedo?

Este, que estava sentado ao lado da cana do leme, movimentou a cabeça num "sim". Nesse momento, a proa raspou nos seixos de uma praia pedregosa.

– Que os trolls apanhem vocês! – Ketill reclamou num murmúrio furioso. – Não podiam ter dito que devíamos diminuir a velocidade? Os mortos conseguiriam ouvir uma chegada dessas.

Estein sussurrou de volta:

– Tudo bem, por ora, Ketill. Estamos muito longe do grande salão.

– Pelo martelo de Thor! – resmungou aquele capitão de barba negra e temperamento facilmente inflamado. – Esses homens espalham água como bois.

Um a um os vikings desceram em terra e o grupo se dividiu. Um homem ficou encarregado de vigiar o barco; Ketill e mais três foram até onde estavam os barcos dos inimigos. E Estein, Helgi e Azedo, com mais seis, se aproximaram cuidadosamente do grande salão.

Cruzaram uma faixa de urzes que despontavam do chão e toparam com uma encosta íngreme de mato rasteiro. Bem perto deles, no alto, projetava-se o contorno escuro de uma construção maciça. O silêncio era total, exceto pelo ruído abafado dos passos do grupo. Azedo ia à frente; atrás dele vinham Estein e Helgi. Os demais seguiam os líderes em fila indiana.

Atentos a tudo, chegaram à extremidade do grande salão e, ao lado da porta, pararam por um momento. Estein sussurrou suas últimas instruções e, depois de abrir rapidamente a porta com um empurrão, entrou. Helgi, Azedo e um homem o seguiram, enquanto os outros cinco esperavam do lado de fora, empunhando as armas.

Os antigos salões nórdicos, onde as pessoas se reuniam para beber, eram amplos recintos de teto alto, com uma longa e larga lareira central.

VANDRAD, O VIKING

Em torno do fogo, alinhavam-se filas compridas de bancos para os convivas. Ao longo das laterais do salão, abriam-se recantos para dormir, em cujas paredes ficavam penduradas as armas dos guerreiros.

O grande salão de Liot estava silencioso, às escuras. Um lampejo fantasmagórico de luz se infiltrava pelas janelas estreitas e as brasas da lareira central se apagavam devagar. Ao lado dos bancos, viam-se caídos em sono profundo os que mais tinham bebido. Quase tropeçaram neles uma ou duas vezes.

Azedo chegou ao lado de Estein e o conduziu até quase a metade do salão, onde apontou para uma porta. Ninguém disse uma só palavra, e os outros se aproximaram com suas adagas prontas para uso. Estein recuou silenciosamente até a lareira central e de lá tirou uma acha com uma ponta ainda bem vermelha e luminosa. Em seguida, empurrou a porta da câmara em que Liot dormia. Tateou buscando a cama naquele aposento escuro como a boca de um lobo. Avançava tão cautelosamente que só os roncos do sujeito adormecido rompiam o silêncio. Seus movimentos muito cuidadosos lhe permitiram aproximar o suficiente do rosto de um Liot inconsciente o pedaço de pau ainda fumegante e com isso reconhecer seus traços. Encaixando aquela fonte de claridade num suporte na parede, sussurrou as ordens finais. Num segundo, uma mordaça cobriu a boca de Liot, suas mãos e seus pés foram atados e, apesar de agora plenamente desperto, foi carregado nos ombros de seus inimigos que formaram uma procissão em fila única para sair apressadamente do grande salão de Liot Skulison.

Azedo, na dianteira do grupo, tinha quase alcançado a porta quando um homem, vindo do mais escuro das sombras, de repente se colocou no caminho dos invasores. Por um instante, o coração do piloto parou de bater. Só então reparou que estava apenas encarando um bêbado ainda meio adormecido. Enquanto ele tentava formular uma pergunta, a adaga de Azedo reluziu na penumbra e o sujeito despencou de cara no chão, soltando um grito. No mesmo instante, formou-se um coro de cachorros latindo tão alto que os mortos ressuscitariam.

JOSEPH STORER CLOUSTON

– Os cães já não estão mais bêbados – Helgi afirmou.

– Rápido! Os homens vão vir atrás de nós – Estein gritou.

Apressaram-se para chegar à porta e, com o prisioneiro nos ombros, o grupo saiu em disparada pela ravina.

– Os cachorros estão vindo! – alguém avisou.

– Voltem e matem todos eles! – Estein ordenou.

Três homens pararam e, com alguns golpes de espada, afugentaram os cães que ladravam. Enquanto viam os animais correndo para longe dali, puderam perceber que alguns homens estavam saindo do grande salão e de casas ao redor.

– Onde está Ketill? – Estein exclamou quando alcançaram o barco.

O encarregado de vigiar a embarcação não o tinha visto.

– Que os lobisomens o apanhem! – Helgi se exaltou. – Ele teve muito tempo para desmanchar cada barco aqui, prancha por prancha.

– Não temos tempo para esperar por ele. Culpa dele se ficar para trás – Azedo arrematou.

– Saber disso sem dúvida será um grande consolo para ele – Estein retrucou. – Mesmo assim, vou esperar.

– Eles estão vindo! – exaltado, Helgi avisou.

– E aqui estão os que vão nos alcançar antes dos outros – disse um dos homens.

Ele estava certo. Um bando já vinha correndo morro abaixo e era óbvio que deviam chegar primeiro ao barco.

Estein saltou para o deque.

– Remem! – ordenou, com um tom de voz forte. – Vamos seguir ao longo da costa para poder encontrá-los.

– Muito bem pensado – disse Helgi. – Sorte que ainda temos alguém de cabeça fria.

Os homens de Liot que vinham em perseguição de Estein e os seus não perceberam Ketill e seu grupo ou pensaram que eram os próprios companheiros, pois continuaram correndo em linha reta na direção da água, atirando flechas e dardos. Então, perceberam a manobra e, aos brados, começaram a seguir pela costa. Nessa altura, o barco já tinha embalado um pouco. Com as costas curvadas, os remadores aumentaram a força e fizeram a embarcação deslizar como se fosse uma coisa viva. A água, antes tranquila, agitou-se formando ondulações ao se chocar com a proa. Por mais que forçassem as remadas, os homens em seu encalço em terra corriam mais depressa.

– Pelos deuses! Demoramos demais! – Helgi gritou.

– Eles estão indo para a água! – Estein avisou. – Força, homens, força! Oh, esta é uma noite que vale a pena viver.

Quatro homens começaram a nadar com vigor, a vida deles dependendo disso, ao som de dardos e pedras que iam sendo lançados.

– Pelo martelo de Thor! Serão abatidos quando subirem a bordo – Helgi exclamou. – O amigo Ketill é um alvo generoso.

– Em volta deles! – Estein ordenou. – Vamos ficar entre eles e a praia.

Azedo empurrou a cana do leme para baixo com força e, rodeando a turma que vinha nadando, estavam naquele momento içando um a um pelo lado abrigado. Logo os que estavam em terra foram em busca de seus barcos. Pingando água por todos os lados, sangrando por causa de uma flechada que levara no ombro, Ketill observava toda aquela movimentação com um sorriso sombrio.

– Vão encontrar os barcos prontos para o mar – disse.

Quando terminou essas palavras, uma labareda subiu de um dos barcos, e Estein, surpreso, se virou para falar com ele:

– Foi você que pôs fogo neles?

– Sim – respondeu Ketill. – Matamos alguns guardas que aprenderam que não se dorme em vigia. Fizemos buracos tão grandes nos barcos que eles vão levar dois dias para remendar. De modo que pensei comigo que um pouco de fogo caía bem. E, se fosse só um barco, não ia dar certo, então acendemos três fogueiras das boas, uma em cada embarcação. Assim, se os homens de Liot sentirem frio hoje à noite, por minha culpa não será. A propósito, você pegou Liot?

– Olha ele aqui – Estein disse, apontando para o prisioneiro com as asas devidamente amarradas.

Ketill deu uma boa e longa risada.

– Estein, me perdoe! – exclamou. – Você até pode estar enfeitiçado, mas nos deu uma noite de trabalho bem divertida. Merecemos uma bebida caprichada.

O VEREDICTO DA ESPADA

A tripulação explodiu em um brado de comemoração quando o barco se aproximou e os ansiosos companheiros que os esperavam puderam contar que catorze homens tinham regressado e traziam um prisioneiro. A bebida foi servida a todos em jarros enormes e os receios supersticiosos se dissiparam como névoa enquanto remavam, triunfantes, para se afastar da baía.

Lá atrás, podiam divisar os barcos incendiados: as chamas e a fumaça ficavam cada vez mais altas e, conforme a cerveja ia subindo na cabeça de toda a tripulação, gritavam desafios debochados que varavam a distância.

– Para onde vamos agora? – perguntou, azedo.

– Você conhece algum lugar desabitado onde pudéssemos nos instalar quando amanhecer? – Estein pediu.

– Há muitos lugares assim nas ilhas Orkney. Conheço bem um deles que acho que podemos alcançar logo depois que o dia nascer. Eu levo você até lá.

Naquele momento, Ketill se aproximou segurando um grande chifre feito caneca, cheio de cerveja. Com uma jovialidade que só aparecia quando a bebida corria solta, disse:

– Beba, Estein! Beba! Beba pela alma de Liot Skulison, que logo estará a caminho de Valhalla. Vamos acabar com ele aqui mesmo ou manter o nosso amigo vivo até o dia ter mais luz para vê-lo morrer?

– Tenho outra tarefa a cumprir, não beber. Liot e eu temos uma conta para acertar com o raiar do dia.

Ketill olhou para ele atônito.

– Você quer dizer que vão mesmo lutar? – ele exclamou. – Bom, faça como bem entender, mas é um estranho feitiço.

Saiu da popa, caneca de chifre na mão, e Estein se sentou em um tamborete. Reclinado na amurada, tentou descansar.

Sua fisionomia indicava determinação; estava decidido e só lhe restava aguardar com impaciência pelas horas que restavam até o momento decisivo. O sono lhe veio em períodos breves e inquietos durante os quais se sentiu como se passasse por anos de loucas aventuras, o tempo todo perseguido por Oslas, estranhamente desfiguradas. Finalmente despertou com a friagem da manhã que nascia cinzenta, ainda embalado pelos movimentos daquele barco viking. Tremendo um pouco, deu alguns passos pelo deque.

Naquele momento, Helgi se aproximou e pôs a mão no braço do amigo, quando disse:

– Estein, não arrisque demais o destino. Nunca na vida tinha visto um feitiço desses. Por que você teria medo da ira dos deuses? Uma coisa eu lhe digo, meu irmão, você está enfeitiçado. Vamos achar algum curandeiro para tirar isso de você, em vez de entrar de cabeça em uma luta de morte, agora que está esgotado com tantas noites sem dormir e sob o efeito da magia negra. Se a ira dos deuses está realmente sobre você, vai encontrá-lo, mesmo que fuja de todos e se esconda na caverna mais remota de todo este litoral. Eu mato Liot Skulison por você, em uma luta justa se você faz questão, apesar de achar que ele não merece isso. Por acaso foi justo ele atacar nossos dois barcos com dez dos dele?

VANDRAD, O VIKING

– Sou eu que devo acabar com ele com se fosse um cachorro, Helgi, se não fosse por uma sensação de que devo perguntar o que Odin quer que eu faça.

– Essa é a voz da bruxa falando na sua cabeça.

– Ela não é nenhuma bruxa, Helgi, só a jovem mais linda de todo o Norte. Ouça, eu quero lhe contar a história desse encantamento. Mas, lembre-se: só vou contar a você, e mais ninguém deve jamais saber da minha vergonha.

– Alguma vez já traí a sua confiança?

– Nunca, Helgi. Se não fosse assim, meu irmão, você não ouviria a minha história. Para mim, é como se fosse a história de seis anos da minha vida, embora tenham sido apenas seis semanas na realidade. Mas vou abreviá-la o máximo possível.

– Ainda é cedo.

– Depois da batalha, Helgi, eu teria me afogado, se não fosse aquela jovem que você viu ter me salvado a vida e pelo menos isso devo a ela. Ela me levou até a casinha onde mora com o pai, o eremita da Ilha Sagrada. Ali aprendi a amar aquela moça. Durante seis semanas não fui viking. Esqueci os meus companheiros e o meu país, me esqueci de tudo; só pensava em Osla.

– E você não chama isso de feitiço?

– Não foi você mesmo que disse que conheceu muitos feitiços assim, que as jovens lançam nos homens? Foi a magia do amor que me prendeu.

– Os homens dizem que o eremita era um mago.

– Não é um mago, não, Helgi. Se fosse, nunca teria me deixado vir até aqui. Era um velho temperamental, tinha seus acessos de mau humor. Eu o distraía com as minhas canções, conversava com ele sobre a estranha religião que ele professava – ele é o que chamam de cristão – e, com o tempo, acabei pensando nele como um amigo. (Realmente, acho que deve ter acontecido algum tipo de magia!) Nesse tempo todo, nunca declarei meu amor a Osla, embora pense que ela sentia alguma coisa por mim.

– Isso era fácil de ver.

– Duas vezes, na ilha, uma voz que eu não conseguia identificar me avisou de além-túmulo, mas não dei atenção. "Será que aquele homem era um mago?, me perguntei. Certa noite, a noite em que você chegou lá, Helgi, eu estava com o eremita na casa dele. Só nós dois. Alguma coisa fez com que ele começasse a falar. Lembrei-me agora! Foi uma canção que eu tinha acabado de cantar. E ele me falou da história de um incêndio. Helgi, ele mal tinha começado e eu já sabia qual era o fim. Agora eu sabia de quem era a voz que me avisava. Era a história do incêndio em Laxafiord, e a voz era a do meu irmão Olaf.

– E o eremita?

– É Thord, o Alto, o último dos incendiários.

– É?! Então você não o matou!

– Já estava com a adaga na mão e me inclinava sobre ele quando ouvi ali fora os passos de Osla. Fugi. Nem me pergunte o que pensei, o que fiz. Thord, o Alto, e eu estamos ambos vivos. Não sei se os deuses aceitam isso. Por isso, enfrento Liot agora de manhã.

– Então você poupou o assassino de Olaf por causa da filha dele?

– Por seis semanas, comi o pão que ele repartiu comigo e o teto que me ofereceu. Se não fosse a filha dele, nunca teria chegado a conhecer o homem.

– Ele matou seu irmão, Estein.

– Não precisa me lembrar disso.

– Acho que sim… ele continua vivo.

– E eu ainda amo a filha dele.

Estein se afastou enquanto dizia essas últimas palavras. Cruzando os braços, contemplou as águas cinzentas.

Helgi olhou para ele em silêncio. Depois colocou-se ao lado dele.

– Perdão, Estein. Que Odin julgue você. Eu amo você o bastante para continuar seu amigo seja lá o que fizer.

– Helgi! Se não fosse por você, acho que tombaria sobre a minha própria espada.

VANDRAD, O VIKING

Helgi tentou dar uma risada mas saiu forçada.

– Nada disso… é melhor ter uma espada para Liot Skulison. Vejo que estamos perto das árvores.

– Tinha me esquecido de Liot – Estein disse. – Vamos desamarrá-lo e deixar que escolha as armas.

Viu então Liot sentado, de mãos e pés atados. Seu olhar era tão firme quanto se estivesse no próprio grande salão. Ergueu os olhos com indiferença quando notou a chegada de Estein.

– Lembra-se de mim, Liot?

– Sim, Estein. Acho que você é um dos bebês que pensei ter matado. Você teve sorte quando a maré das Orkneys subiu tão forte, mas a sorte mudou, ao que parece. E você foi corajoso, Estein Hakonson, de fazer com que virasse do jeito que virou. Por que não ateou fogo em todos nós?

– Porque eu queria pegar só você.

– Sim, a tortura é um jogo agradável para o torturador. Como pretende que eu morra?

– Pela minha espada se os deuses assim quiserem. Daqui a uma hora, Liot, vamos lutar até a morte. Nosso campo de luta será aquela clareira, você vai escolher as armas. Enquanto isso, vou desamarrar você e, se quiser comer e beber, faça isso.

Uma expressão de total espanto dominou o rosto do capitão viking.

– Eis uma boa piada, Estein – ele disse.

– Não é piada. Homens, desamarrem o prisioneiro.

Liot deu um grito de alegria.

– Estein, você tem coragem, mas acho que está fora de si.

– Isso veremos logo.

A fria indiferença do viking deu lugar à mais exuberante excitação. Como todos os outros, pensou que Estein tinha ficado louco ou fora enfeitiçado, mas, como daí a pouco iria travar um combate de vida ou morte, não se importava com o modo como as coisas estavam acontecendo. Pediu cerveja e carne. Com o olho treinado de um velho soldado, escolheu cuidadosamente as suas armas, enquanto os homens em volta murmuravam que Estein devia mesmo estar fora de si.

O tempo todo tinham seguido para leste impulsionados por uma brisa ligeira. O sol já tinha nascido há um bom tempo, mas o céu inteiro estava encoberto por nuvens leves e pairava no ar o frescor do início da manhã. Praticamente toda a extensão do estuário largo e isolado que separa as Orkneys da costa escocesa se estendia à frente do grupo e logo mais adiante viram a ilhota que Azedo tinha escolhido como local para o confronto. Quando chegaram à clareira certa, ancoraram o barco num recuo próximo e duas turmas foram reunidas para subir em terra e preparar o terreno para a luta. Quando tudo ficou pronto, os dois combatentes, auxiliados por Helgi e Ketill, foram levados para lá.

Liot estava animado e excitado como se estivesse indo para uma festa. Já Estein, ao leme, mantinha silêncio, e seus pensamentos eram tomados por sua chegada a outra ilha.

– Você precisa beber cerveja, Estein – disse seu adversário. – O homem que vai lutar precisa estar contente.

– É mais correto que o homem que volta esteja contente – respondeu Helgi.

– Disse bem – Ketill acrescentou.

Liot se limitou a ir e, saltando para terra antes ainda de o barco ter tocado as pedras da orla, exclamou:

– Não tinha ideia de que viveria uma manhã tão agradável. Vamos terminar o que está começado, Estein.

– Sim, vamos terminar – Estein disse.

Viram um amplo círculo demarcado por pedras e, dentro dele, os dois vikings se posicionaram. Cada qual portava um elmo e uma cota de malha; na mão direita, a espada e, na esquerda, um escudo comprido em formato de coração. Na cintura, contavam com mais uma espada embainhada, apesar de provavelmente terem pouco tempo para sacá-la. Eram da mesma altura e igualmente corpulentos, mas os homens notaram que Estein tinha pés mais ligeiros.

Em voz forte, Ketill proclamou que qualquer um que recuasse para fora do círculo de pedras seria dali em diante e para sempre chamado de covarde.

Então, todos saíram do circulo e, com um berro, Liot avançou sobre seu inimigo. Estein aparou o golpe da espada com o escudo e revidou com uma tal saraivada de estocadas que Liot, sem chance de contra-atacar, começou a rodear o adversário. Estein não dava trégua com seus golpes. Sua espada riscava o ar tão depressa que os homens mal conseguiam acompanhar-lhe a trajetória. Era evidente que, em termos de rapidez e destreza no manejo das armas, Liot era um combatente inferior, mas, com seus olhos afiados e mantendo a cabeça fria, ele se mantinha o tempo todo protegido com o escudo, trocando de posição sem cessar. Duas vezes quase foi obrigado a sair do círculo, mas sempre acabava se safando com um movimento ágil para o lado.

– Tenho medo de que Estein acabe se cansando – Helgi murmurou.

– Sim... ele partiu para o ataque com muita força – Ketill concordou.

Dava a impressão de que estavam certos. Os golpes de Estein ficaram menos frequentes e, do seu lado, Liot atacava com ferocidade. Contudo, causava menos dano do que Estein e, então, em mútuo consentimento, os dois pararam um minuto para respirar.

– Você parece cansado, Estein – Liot provocou.

– Em guarda! – respondeu Estein, e a luta recomeçou. Como antes, Estein partiu intensamente para o ataque. Liot mantinha sua posição sem vacilar.

– Forte demais! Forte demais! Depois de duas noites sem dormir, ele não vai conseguir lutar assim por muito tempo – Helgi exclamou, aflito.

Foi o mesmo que pensou Liot, usando o tempo com paciência. No entanto, seu oponente era um dos melhores e mais determinados lutadores da Noruega e, melhor do que ninguém, Estein sabia o risco que estava correndo. Disparava golpes como uma tempestade de granizo, mas, apesar da velocidade dos movimentos, estava na verdade poupando suas forças. O ataque era menos potente do que parecia. Usava todas as suas energias para empurrar Liot até o limite do círculo, trocando de posição tão depressa quanto o inimigo, neutralizando as tentativas dele de ficar rodeando o tempo todo buscando uma brecha na defesa de Liot.

– Ele está vencendo, Ketill, ele está vencendo! – Helgi gritou.

– Sim – disse o capitão da barba negra. – Há pouca coisa que se possa ensinar a Estein.

Quando chegaram perto das pedras, o avanço de Estein redobrou de fúria. A espada e o escudo de Liot subiam e desciam, iam da direita para a esquerda e ao contrário, para ele se proteger do dilúvio de estocadas. O tempo todo, porém, Liot ia sendo cada vez mais depressa empurrado para uma parte do círculo em que pedras maiores do que o comum tinham sido usadas para demarcar o território. Em vão saltou de lado subitamente. Estein estava à sua frente e sua lâmina quase achou a carne do inimigo. Em mais dois passos, Liot cedeu terreno e então seu calcanhar bateu numa pedra grande. Perdeu o equilíbrio por um minuto, e esse foi seu último instante de vida. Deitado seu escudo por terra, a espada de Estein penetrou-lhe o pescoço a fundo e foi somente o corpo do assassino de bebês que caiu fora do círculo.

– Tragam as espadas! – ordenou Ketill. – Um epitáfio adequado para Liot Skulison.

O vencedor já estava sendo abraçado por Helgi.

– Achei que seria forçado a vingá-lo, Estein. Meu coração está aliviado de novo.

– Odin me respondeu, Helgi.

– E o feitiço foi quebrado?

– Não. Acho que aquele feitiço só será desfeito quando eu for ferido de morte.

Helgi riu de puro contentamento e disse:

– Há moças lindas nas terras do Sul.

– Vou para a Noruega – Estein respondeu. – Quero ver os pinheiros de novo.

Naquela noite, as Orkneys se desenhavam vagamente no horizonte que ia ficando para trás. Vendo como se dissipavam na luz do entardecer, Estein teria dado a Noruega inteira se pudesse ouvir mais uma vez o canto alto das aves empoleiradas nas encostas da Ilha Sagrada.

NA CABANA PERTO DO GALINHEIRO

Sentada num ponto panorâmico da costa rochosa da Ilha Sagrada, Osla estava sozinha. O encanto do verão já tinha deixado a região e, em seu lugar, um vento de norte soprava com força. As nuvens cinzentas corriam rápidas no teto baixo do céu. Terra e mar tinham perdido suas cores: os morros pareciam nus; as águas, gélidas.

Vandrad, aventureiro dos mares, tinha partido ao raiar do dia. Osla repetia para si mesma: ele nunca mais voltará.

Quando ficou em pé, tentou pensar em coisas mais leves, mas o assovio do vento norte soprava notas tristonhas em seus ouvidos. Suspirando, ela se afastou da costa. Durante sete anos em que nada havia acontecido de marcante, o mar tinha sido seu amigo, uma companhia da qual não se cansava nunca. Sua vida na ilha a incumbia de tarefas suficientes para fazer com que o dia passasse rápido. Por que agora então o tempo lhe pesava tanto?

Devagar foi voltando para a área fustigada pelos ventos em que as cabanas tinham sido construídas. Seu pai estava dentro de casa, a alma tomada por uma escuridão como a da noite mais negra, o antigo fogo viking totalmente extinto.

Ela tentou chamar-lhe a atenção, mas ele apenas respondia com monossílabos distraídos. Mais uma vez, ela buscou o consolo do mar, mas aquelas águas nunca lhe pareceram tão frias, tão adversárias.

"Por que ele tinha de vir?"

Os dias passaram. O verão se tornou outono; o outono, inverno. Semana após semana, uma ventania era seguida por outra. Por dias a fio, borrifos da água do mar formavam nuvens de umidade que cruzavam a ilha toda, salgadas e incessantes.

O mar nunca se calava. As gaivotas voavam para terra e os corvos-marinhos se alojavam em suas tocas, presos pelas tempestades. Períodos breves de sol aberto, mas frio, passavam tão depressa quanto tinham surgido. Respirando a fumaça de pedaços de madeira trazidos pela maré que usara para acender o fogo, Osla ocupava sua agulha enquanto seguia os meandros de seus pensamentos.

Ao longo de todos aqueles meses, o eremita pouco falou. Osla estava tão absorta em seus sentimentos que mal reparou que raramente se dissipava a nuvem que descera sobre seu pai. Ele nunca mais tinha conversado com ela, nem lhe transmitira uma parte dos conhecimentos que assimilara de cristãos e ateus igualmente, nem dos sábios do Norte ou dos mosteiros do Sul. Nenhuma só vez mencionara o hóspede, nem parecia ter se dado conta de sua partida. No fundo do coração, sua filha era grata por aquele silêncio.

Finalmente passou o demorado inverno. Certo dia de manhã, respirando o primeiro frescor da primavera, Osla saiu da cabana. Seu pai logo a acompanhou e ela notou, embora com a cabeça ainda presa a outras ideias, que sua fisionomia parecia estranha. Ele olhou para ela com ar incerto e então disse:

– Onde está Vandrad? Queria ouvir uma das canções dele.

Osla tomou um susto e sentiu o coração afundar no peito.

– Vandrad, pai? – ela perguntou suavemente. – Ele partiu faz oito meses. Você não sabia?

O eremita deu a impressão de que não entendia as palavras dela.

– Partiu! – ele repetiu. – Por que você não me disse?

– Claro que você sabia – ela respondeu.

– Por que ele foi embora? Eu queria ouvi-lo cantar. Ele costumava me cantar coisas de guerra. E cantou ontem à noite. Ontem à noite – ele repetiu, em dúvida. – Acho que foi na noite passada. Traga-o aqui.

Ela respondeu às perguntas dele o melhor que pôde e se esforçou para fazê-lo pensar em outras coisas. De braço dado a ele, foram caminhando a passos lentos através dos campos de urzes na direção da costa. Enquanto seguiam, o coração de Osla afundava cada vez mais em seu peito. Estava na presença de algo tão misterioso que mesmo os sábios daqueles tempos evitavam atemorizados. Diziam que somente a mão de Deus podia corroer desse modo a mente dos homens e ali, diante dela, estava o resultado de uma de Suas obras.

Entretanto, como ela poderia saber que aquela deterioração vinha se desenrolando lentamente há anos? A mente de seu pai, sempre sombria e supersticiosa, presa de uma melancolia mórbida, tinha ao longo daqueles anos solitários cedido cada vez mais a um nefasto enfraquecimento até que agora, com a aproximação da velhice, tinha enfim sucumbido. A raros intervalos, ainda exibia alguns momentos de lucidez, mas no decorrer dos meses seguintes não era mais do que a casca fragmentada de Thord, o Alto, antigo terror dos mares ocidentais, agora definhando na Ilha Sagrada.

Cuidar dele surtiu ao menos o efeito de fazer com que os pensamentos de Osla se desviassem de suas questões pessoais. Não há tônico melhor do que a luz do sol e os problemas de outra pessoa.

Apesar disso, foi um verão desolador para a filha do eremita, que acabou se tornando cada vez mais desolado e solitário conforme os dias agradáveis, frescos e longos começaram a encurtar, o mar se mostrava dia a dia mais parado, e os ventos, regularmente mais fortes.

O tempo todo, o velho piorava a olhos vistos. Só ficava sentado dentro da cabana e, embora Osla não quisesse admitir que temia o que viria a acontecer, sabia que a morte não poderia demorar. No entanto, ele resistiu

VANDRAD, O VIKING

às tempestades de inverno e o final então aconteceu num anoitecer de fevereiro.

Durante aquele dia todo, o eremita ficou deitado em seu catre, de olhos fechados, sem dizer palavra ou esboçar qualquer gesto. A noite chegou úmida e tempestuosa. Debruçada sobre ele, Osla não ouvia nada além do vento e do piar das aves que conhecia tão bem.

Enfim, ele suspendeu a cabeça e perguntou:

– Estamos sós, Osla?

– Aqui não tem mais ninguém, pai, só eu.

– Então, ouça – ele disse. – Tenho uma coisa na cabeça que você precisa saber antes que eu morra. Meu fim está próximo. Parece que dormi muito tempo e agora sei que esta lucidez que você está vendo é só a clareza da pessoa antes de morrer.

Ele tomou a mão de sua filha enquanto revelava seus segredos, e ela tentou sufocar o choro.

– Nada disso – ela disse, mas as lágrimas escorriam tão depressa que ela mal conseguia enxergar o rosto dele com clareza. – Você esta melhor, hoje à noite, bem melhor.

– Estou morrendo, Osla. Thord, o Alto, há de morrer em sua cama hoje à noite, este resto velho e inútil. Antes eu mal podia imaginar ter uma morte assim. Mas, mesmo agora, embora morra como um cristão e minha esperança esteja em Jesus Cristo e em Santo Andamão, o sagrado, eu realmente gostaria de ouvir o som de espadas em combate. Mas o fim do homem está escrito desde o momento de seu nascimento.

Sua filha guardava silêncio, e o velho viking, parecendo ter reunido forças enquanto falava, prosseguiu com voz forte e clara:

– Tenho pecados terríveis comigo. Ateei fogo, matei em combate, saqueei aldeias e destruí lavouras. Que o Senhor tenha piedade da minha alma! Ele terá, Osla! Fui salvo e os pagãos que matei estão perdidos para sempre. Ofereci grandes compensações e cumpri penitência pela alma de todos os cristãos que tombaram pelas minhas mãos. Nesta noite, todas essas coisas serão lembradas. Hoje nós nos despedimos, Osla.

Ela pegou a mão do pai, grande como era, entre as suas e lhe deu um beijo. Com a voz entrecortada disse:

– Não, hoje à noite, não; hoje à noite, não.

– Sim, hoje à noite – ele disse. – Mas, antes de nos despedirmos, você deve ficar sabendo de algo que eu fiz. Essa lembrança me persegue até hoje, apesar de serem pagãos os que matei.

– O incêndio em Laxafiord? – ela sussurrou.

– Quem não ouviu falar daquele incêndio? – ele exclamou. – As chamas eram mais altas do que os pinheiros, as mulheres berravam. Consigo ouvir os gritos delas agora! – ele se interrompeu por um momento, e ela apertou suavemente a mão do eremita.

– Pai! – ela chamou em voz alta. – Pai! – Mas ele não respondeu. Sua mente tinha começado a divagar e ele repetia para si mesmo frases agoniadas:

– Estou fadado a morrer. Piedade da minha alma!… Sim, o vento sopra, dia de tempestade para pescar, as chamas estão subindo… eu vejo como sobem! São Ringão, me salve! Sou cristão, repito… não poupe, não poupe! Acabe com a raça deles, até o último deles!

Depois, parou de falar, e ela soltou uma das mãos para tocar a testa do pai. Lá fora, o vento soprava e uivava num som melancólico, rodopiando em volta da cabana. Por fim, acalmou de novo e o eremita voltou a falar com coerência, embora em voz débil.

– Estou morrendo, Osla. Adeus! A caixa, sabe aquela caixa?

– A caixa de metal? – ela respondeu.

– Sim, a de metal, continua sendo de metal. Eu a peguei…

Então, começou a divagar novamente, mas, num último esforço, reuniu os pensamentos e voltou a falar:

– Abra. Ali tem uma carta. Leia, ela lhe dirá tudo. Prometa. Não posso mais falar.

– Prometo – ela disse, mal sabendo o que dizia, tão pesado tinha o coração naquele momento.

Houve mais um breve silêncio e então ele exclamou com voz forte e clara:

– Tragam a minha bandeira! Avançar, homens de Thord! Avançar!... Eles voam... eles voam!

A voz foi sumindo e Osla então ficou sozinha.

A MENSAGEM DAS RUNAS

Agora, este relato deve voltar para a Noruega. Embora Estein não tivesse voltado com espólio nem com prisioneiros, a história da captura de Liot e do combate na floresta tinha feito sua fama crescer muito. Nada menos do que seis bardos compuseram longos poemas narrando a aventura. Não parecia haver motivo para o herói desses relatos se esquivar tanto de falar sobre a expedição e evitar o mais que pudesse a companhia das pessoas. Em pouco tempo, começaram a circular boatos estranhos. Helgi, o único a par da verdade, ficou calado pelo bem de Estein, mesmo quando a cerveja corria solta. Os outros que tinham navegado com ele não seguravam a língua, e histórias de um feitiço e de uma bruxa Orkney, por mais que fossem vagas e contraditórias, eram apesar disso ouvidas com atenção e regularmente repetidas no país inteiro. Por fim, alarmado, o rei resolveu um dia chamar o conde Sigvald para uma conversa entre os dois apenas.

– Que conselho pode me dar, conde? – o rei indagou. – Acho que uma estranha bruxaria pode estar nos afetando. Quando um rapaz só sorri raramente, fica cismando o tempo todo sozinho e foge de bebidas e festas, isso significa mais do que lamentar a perda de homens e barcos; é mais do que as mudanças da juventude.

– Ele precisa de uma esposa – o conde respondeu. – Está solteiro há tempo demais. Não há cura melhor para um feitiço assim do que um par de olhos cintilantes.

Porém, quando o rei falou com seu filho, encontrou-o decididamente oposto à ideia de se casar. Hakon amava Estein a tal ponto que desistiu de insistir nessa questão e voltou a consultar o conde Sigvald.

– Se ele não quer se casar, então deixe que lute – recomendou o conde. – Para um príncipe da casa de Yngve, o estrépito das armas cura a melancolia melhor do que uma donzela.

Foi assim que, com a chegada da primavera, Estein partiu para uma travessia do Báltico, levando o terror de suas armas até a Finlândia e a Rússia. Apesar de tudo, voltou tão tristonho quanto antes.

Nas festas, às vezes seu entusiasmo alcançava uma intensidade extraordinária. Por algum tempo, comportava-se como nunca antes. Cantava, fazia graça, provocava discussões. Suas piadas eram sempre amargas, e os bate-bocas resultavam em mais falatório do que seu notório abatimento, pois no passado sempre tivera um temperamento generoso e ponderado. Depois que esses acessos passavam, ficava mais sorumbático do que antes.

Um dia saiu para caçar nas colinas com Helgi. Estavam sempre juntos, e seu irmão adotivo exercia sobre ele uma influência maior do que qualquer outra pessoa.

Estavam num trecho árido de uma encosta montanhosa, um pouco acima da linha dos pinheiros mais altos, examinando os rastros de um urso, quando Helgi se voltou para ele de repente e disse:

– Estein, você não acha que já sofreu e se lamentou o suficiente?

Estein respondeu:

– Aqueles que foram amaldiçoados pelos deuses têm poucos motivos para rir. O que me resta nesta terra?

– Provar que é um homem. Aceitar o destino que não pode mudar. E, no tempo certo, Estein, tornar-se rei. Tudo isso é nada?

Helgi raramente falava com tanta gravidade. Por algum tempo, Estein guardou silêncio. Depois exclamou:

– Tem razão, Helgi! Tenho me comportado como a criança que levou uma surra. Daqui em diante, vou tentar olhar para o meu destino, não posso dizer que com alegria, mas pelo menos com firmeza.

Depois que mais um inverno se foi, Estein começou aos poucos a dar a impressão de que voltava a ser como antes. Continuava mais tristonho e reservado do que no passado, mas foi com alívio que o rei percebeu que a melancolia se dissipava. Certo dia, na época em que o inverno e a primavera ainda se encontram, e a neve derrete durante o dia e endurece de novo à noite, o conde Sigvald partiu de seus domínios num fiorde ao Norte e regressou a Hakonstad. O rei Hakon o recebeu com grande satisfação.

– O feitiço foi quebrado, conde – ele logo informou. – Estein está voltando a ser o que era.

– Boas notícias, Hakon – disse o conde. – E que meu velho coração se alivie com as novidades. Mas tenho outras questões que precisam de sua atenção. Trouxe comigo Arne, o Magro, seu coletor de tributos em Jemtland. As pessoas de lá mataram alguns homens do seu grupo, obrigando-o a fugir para salvar a própria pele. Recusam-se a pagar tributos para um rei nórdico. As espadas jovens do seu reino terão trabalho pela frente, Hakon.

– Verão que meu braço é mais longo do que pensam – o rei respondeu, num tom sombrio.

Arne apresentou seu relato no grande salão perante a assembleia dos chefes, e o rosto do rei ficou roxo de raiva com o que escutou. De vez em quando, quando Arne falava de alguma traição em particular, de seus contratempos e de sua fuga desabalada, subia um rumor irado dos ouvintes, e aqui e ali uma arma batia firmemente contra um banco. Apenas Estein não parecia abalado. Em pé no fundo do recinto, mostrava-se apático. Dava a sensação de que mal ouvia o que estava sendo dito. Apesar de sua determinação, seus pensamentos tornavam a ser melancólicos. De repente ouviu que lhe dirigiam a palavra e, virando-se, viu um estranho ao seu lado. O homem estendia um objeto em sua direção e, ao notar que Estein estava olhando para ele, disse com todo o respeito:

– Fui encarregado de lhe entregar este presente, senhor. – Estein mirou o desconhecido com surpresa e, pegando o embrulho das mãos dele, abriu-o com curiosidade.

Tratava-se de um pedaço de carvalho de mais ou menos sessenta centímetros, esculpido com cuidado. De um lado havia uma inscrição com caracteres das runas. Ao ler as primeiras palavras, sua expressão mudou e ele enunciou a mensagem com rapidez. Seu teor dizia simplesmente: "Um velho, uma donzela, um feitiço. Venha para cá, para Jemtland".

Agilmente se virou de novo para o portador e perguntou:

– Como isto chegou a você? Quem mandou para mim?

– A segunda pergunta não sei responder – o homem disse. – A única coisa que eu sei é que, na noite antes do ataque do povo de Jemtland contra nós, um homem bateu à porta da casa onde eu estava abrigado e me deu isso, dizendo: "Fuja, a guerra está chegando". Dito isso, foi embora tão de repente quanto tinha chegado. Despertei meu mestre, Arne, e mais um ou dois homens e, graças ao aviso, escapamos do destino dos nossos companheiros. Isso é tudo que posso lhe dizer.

Essa mensagem causou uma funda impressão em Estein. "Um velho, uma donzela e um feitiço", ele repetia para si mesmo. Forçava as ideias, mas não conseguia se lembrar de ninguém naquela remota região que pudesse ter enviado a mensagem. Aquilo lhe dava a sensação de ter algo sobrenatural. Mais uma vez, repetiu para si mesmo: "Um velho, uma donzela, um feitiço". Então, subitamente tomou uma resolução e, afastando-se do mensageiro, misturou-se ao grupo numeroso que rodeava o rei.

Arne acabava de fazer seu relato. Instalou-se um silêncio raivoso e, depois de alguns instantes, o rei olhou à sua volta para todos aqueles vikings burilados pelo tempo, chefes de alta estirpe, e disse:

– Quem irá punir esses rebeldes covardes?

No mesmo instante, mais de dez vozes se levantaram, oferecendo-se para o serviço. A mais potente de todas foi a de Ketill, agora casado com uma viúva de posses, dona de uma importância considerável. O viking de barba negra se adiantou enquanto se apresentava:

– Dê-me o serviço, meu rei. Ultimamente tenho vivido em grande repouso. Preguiça engorda.

Todos riram ao ouvir essas palavras de Ketill, pois ele não era conhecido por levar uma vida frugal. O viking franziu a testa e exclamou:

– Que todos que riram venham testar a minha espada.

– Eu bem conheço a sua valentia, Ketill – começou o rei –, e aqui não há um só homem…

Naquele instante o círculo de súditos ao redor de Hakon se abriu de repente e Estein se postou diante do pai. Já fazia muito tempo que seu rosto não exibia aquela animação. Em voz firme, ele declarou:

– Eu vou liderar essa expedição.

Os guerreiros armados brandiram juntos suas espadas em sinal de aprovação. Em nome de todos os deuses cujos nomes pôde lembrar, o conde Sigvald jurou que o verdadeiro Estein estava de volta. Demonstrando toda a sua alegria, o rei Hakon exclamou:

– Esse é o meu filho falando, finalmente. Prepare-se então, Estein. As más notícias se tornaram boas!

– E você, Ketill? – Estein indagou, virando-se para o antigo companheiro de armas. – Vem comigo?

– Claro que sim – Ketill respondeu. – Não desejo um líder mais corajoso, mas que os deuses me amaldiçoem se desta vez não acabarmos com a raça de alguns homens, Estein.

VANDRAD, O VIKING

Foram dois dias de tumulto em Hakonstadt com os preparativos. No terceiro dia, os dois barcos de guerra de Estein içaram velas e deixaram o fiorde. Iam com ele Helgi, Ketill e um grupo escolhido a dedo. Em pé no deque, o coração martelando no peito, ele observava o perfil dos altos penhascos ficar para trás, enquanto nuvens brancas boiavam sobre o cume de suas bordas cobertas de pinheiros pontiagudos. A mensagem em caracteres rúnicos ecoava em sua mente e o espírito do aventureiro e explorador fervia novamente em seu peito.

Seguiram pela costa por um longo trecho e depois, após atracado em um fiorde ao norte, desembarcaram e se encaminharam para as montanhas que deveriam atravessar. As terras que pretendiam alcançar ficavam entre os lagos da parte norte da Suécia. O povo lá era ainda mais bárbaro do que os noruegueses e há muito tempo mantinham sua condição de semissúditos dos reis nórdicos.

Não era provável que fosse uma batalha trabalhosa, pois, embora pequena, a força de Estein iria combater nativos mal armados e considerados maus guerreiros. Já o país tinha uma geografia difícil, de modo que os homens marchavam em estado de alerta, as armas prontas a entrar em ação a qualquer instante. A vigilância não afrouxava nem um minuto. Durante o dia, o sol era forte e quente, mas à noite fazia muito frio e geava.

Com a velocidade máxima que lhes era possível, avançaram pelos caminhos menos frequentados através dos pontos mais desolados. No primeiro dia, depois de terem cruzado as montanhas, viram uma única casa de fazenda numa clareira. Quando se aproximaram, estava silenciosa, abandonada. No dia seguinte, passaram por um pequeno povoado à margem de um rio. Um pouco mais adiante, viram outra fazenda. Em nenhum desses lugares puderam encontrar sinais de habitantes; davam muito mais a impressão de serem habitações dos mortos.

– Isto está parecendo estranho – Helgi comentou. – A menos, talvez, que o povo de Jemtland passe o inverno em tocas e cavernas como os ursos com quem se parecem, exceto pela coragem.

– Penso que o alarme foi dado e espalhado – respondeu Estein –, então precisamos ir mais depressa.

– Sim, em frente! Em frente! – Ketill concordou.

Ao anoitecer, o alto da coluna deu numa clareira pequena e os irmãos, caminhando no meio do grupo, ouviram os gritos dos homens da vanguarda. Então, foi a vez do vozeirão de Ketill:

– Atrás dele! Não, não o matem! Pegaram o sujeito? Sim, tragam o moleque para Estein!

O pequeno grupo de ataque se deteve, e o coitado de um sujeito, mal coberto com uma capa de pele de animal, tremendo da cabeça aos pés, veio arrastado até chegar diante de Estein.

– Poupe a minha vida, nobre capitão! – o maltrapilho implorou, lançando-se de joelhos. – Sou só um miserável. Tenha piedade.

– Calado, patife! – Ketill trovejou. – Ou te arrancamos a língua toda!

– Se tem amor à vida, diga-me: por que essa falta de gente? – Estein exigiu saber. – Pare de tremer como um velho e fale a verdade, se é que alguém de Jemtland sabe o que é uma verdade. Onde estão as pessoas?

– Nobre conde, ficaram sabendo de sua vinda e fugiram. Ninguém quer ficar à sua espera. Vocês não verão ninguém por aqui.

– Ninguém pretende lutar? – Helgi quis saber.

O homem disse:

– Grande príncipe, os daqui nunca foram uma raça de guerreiros. Pelo que sei, até o rei está pronto para fugir.

Um murmúrio de desdém ecoou no grupo de guerreiros nórdicos.

– Vamos começar enforcando esse homem – Ketill disse – e depois ateamos fogo no país inteiro!

– Primeiro quero ver se ele está falando a verdade – Estein respondeu. – Amarrem-no. Ele virá conosco.

O homem foi amarrado e posto sob vigilância. O grupo então retomou a marcha. No outro dia, de manhã cedo, acharam dois homens numa cabana e eles disseram a mesma coisa.

VANDRAD, O VIKING

– Não há glória nenhuma em atacar um povo assim – Estein declarou.
– Amarrem os dois e vamos adiante.

Mais ou menos uma hora depois, o reduzido destacamento saiu de uma floresta na encosta e viu lá embaixo uma pequena vila de mercadores. As casas rústicas de madeira estavam alinhadas na margem de um grande lago congelado cuja superfície salpicada pela neve se estendia por vários quilômetros de uma brancura contínua e fascinante. Entre as margens do lago e os limites da mata havia uma larga faixa de terreno cultivado. Por toda parte, uma fina manta de gelo cobria o solo. O ar era frio o suficiente para fazer a respiração dos homens formar nuvens de vapor que iam subindo conforme desciam a encosta do morro em formação de batalha.

De repente Helgi gritou:

– Homens no povoado! Estou vendo o reflexo do sol nas armas. Graças aos deuses vamos ter combate!

– Sim, estão vindo para fora – Estein disse. – Parem! Temos a vantagem da encosta. Vamos esperar por eles aqui.

Os homens pararam, pegaram as armas enquanto seus líderes, numa espera silenciosa, viam uma pequena tropa desfilar para fora do limite urbano.

– É isso que você chama exército? – Ketill resmungou. – Mal passa de vinte homens.

– Sim – concordou Helgi, dando um suspiro. – Hoje não teremos luta.

Perto de vinte homens, usando peles e casacos do pelo de animais, com capacetes de madeira, pouco armados, tinham deixado o povoado e agora começavam a subir o morro devagar. Somente o líder tinha um capacete de metal polido e levava uma longa alabarda ao ombro. Imediatamente atrás dele vinham andando dois meninos. Quando os viu, Helgi perguntou:

– O que eles pretendem trazendo meninos para nos enfrentar?

– Reféns – Estein sugeriu laconicamente.

Quando aquela companhia mal-ajambrada estava a mais ou menos cem metros dali, pararam e o líder avançou sozinho.

91

Quando ele chegou mais perto dos nórdicos, Estein deu um ou dois passos adiante para encontrá-lo, mas ficaram tão perto que Helgi e Ketill podiam ouvir tudo que se passava. Viram que o desconhecido era um homem alto e idoso, com uma fisionomia inteligente e dignidade na postura.

– Salve, Estein Hakonson! – ele saudou.

– Parece que sabe meu nome – Estein retrucou – e isso lhe dá uma vantagem em relação a mim.

– Meu nome é Thorar – informou o líder, falando com gravidade e grande cortesia –, sou chefe de polícia da região de Jemtland – fazendo um gesto amplo com a mão ao dizer isso – e até agora amigo dos nórdicos.

– Já conheço sua fama de chefe de alta linhagem e que desde sempre foi fiel ao meu pai. Mas acho que não foi tão fiel a ponto de afugentar daqui o coletor de tributos e matar seus homens.

– Não me culpe por isso, Estein – respondeu Thorar. – Isso ocorreu sem o meu consentimento e o meu conhecimento. Ninguém lamentou mais esse absurdo do que eu. Agora, como pode ver, a terra está à sua disposição e, como amigo antigo de sua família e fiel servidor do meu mestre, o rei Bue, vim para interceder entre o rei Hakon e ele. Dê-nos a paz, Estein. Assim como o seu pai já tem os cabelos grisalhos, poupe o meu mestre do padecimento da vergonha que você causaria a ele. O que ele pode fazer contra você? O antigo espírito dos meus patrícios morreu – ele ainda acrescentou com tristeza – e ninguém ousa desafiar sua força no campo de batalha.

Estein então perguntou:

– O rei Bue está na cidade?

– Não. Ele não consegue viajar tão longe. Mas em nome dele dou-lhe as boas-vindas à comemoração que ele prevê, caso aceite ficar em paz em vez de guerrear. Se não aceitar, então só posso lamentar a devastação das minhas terras. Será uma vitória sem sangue, Estein.

– E que recompensa o rei pretende oferecer?

– O que você desejar. Ele está impotente nesta situação.

– Devemos então ir até onde se encontra o rei Bue?

VANDRAD, O VIKING

– Infelizmente, não! – disse Thorar. – Nestes tempos difíceis, ele não pode recepcionar todos vocês. Uma grande parcela do povo já fugiu para as florestas e – para dizer a verdade – ele também se sentiria incomodado se visse uma força tão potente como a sua se aproximando, pois é idoso e seu espírito está alquebrado. Um grupo de vinte homens, mais ou menos, ele terá satisfação em receber. Os outros eu mesmo acolho aqui, por minha conta, e com eles deixarei meus dois filhos pequenos – disse ele, apontando os dois meninos. – Só tenho estes filhos e os entrego de bom grado como reféns para poder salvar meu país do fogo e da espada – com um sorriso grave, acrescentou: – Mas, se é verdade o que os homens dizem, Estein Hakonson pode ter sucesso indo ou vindo contra praticamente qualquer um.

– Faremos como você propõe, mas… – Estein respondeu e fez uma pausa durante a qual olhou duramente para Thorar.

– Se a palavra do rei e a minha não forem suficientes, e meus filhos não forem o bastante, posso apenas acrescentar meu juramento, apesar de a maioria considerá-lo desnecessário.

Thorar tinha falado com dignidade e um toque de altivez, e Estein respondeu com simplicidade e cortesia:

– Eu irei.

Voltando-se para Helgi, declarou:

– Não haverá nenhuma luta, Helgi, mas eu sei que você gosta bastante de uma comemoração. O que me diz?

– Toda essa marcha na neve pede uma festa – Helgi respondeu, dando risada.

– Então, Ketill ficará aqui com o restante da nossa tropa, e você, eu e mais vinte iremos até o rei. Adiante, homens!

– Não economizem na cerveja! – acrescentou Ketill.

Helgi disse para Ketill quando retomaram a marcha rumo à cidade:

– Sujeito cortês e galante esse Thorar para alguém de Jemtland.

Ketill respondeu:

– O povo dele se compõe de cães e mulheres. Não prestam como amigos, nem como inimigos.

Estein liberou os prisioneiros que fizeram ao longo do percurso e por volta do meio-dia, deixando Ketill encarregado do grosso da força e dos reféns, partiu com Helgi para ir ter com o rei Bue.

A FESTA DO REI BUE

O caminho que tomaram primeiro os levou por uma extensa brancura de um trecho plano às margens do lago. Estein foi para o fim da fila e deixou que Helgi seguisse adiante, junto com Thorar. Atrás deles vinha o pequeno grupo de rústicos seguidores do comandante, todos vestindo peles de animais, e depois os vinte guerreiros de Estein com suas cotas de malha e escudos que, pendurados às costas, batiam uns nos outros de vez em quando. Fechando o cortejo, vinha o líder da expedição.

Agora que a tensão das marchas forçadas e da travessia desgastante da floresta já não lhe ocupava mais a mente, os pensamentos de Estein voltavam continuamente para a mensagem das runas: "Venha para cá, para Jemtland". Tinha vindo; e agora, o que sucederia? Percebia que algo devia acontecer. Apesar de curioso, sentia-se singularmente indiferente ao que pudesse ser. O sol brilhava forte no alto. Sob seus pés, a neve produzia um rangido agradável ao ser pisada e o ar claro era convidativo: o tipo de dia que inspirava aventureiros e bardos. Seus pensamentos começaram a fluir em certo ritmo e ele se percebeu repetindo os versos que cantara por último:

Adeus, doce Osla dos olhos azuis!

Este rei do mar não deve ficar, mesmo com a riqueza de tesouros como o verão e um sorriso tão luminoso quanto o mês de maio.

Mas de uma esperança não me despeço: a de que um dia nos encontraremos de novo!

— E isso vai acontecer, Osla! – ele exclamou em voz alta.

O timbre forte e alegre das vozes de Helgi e Thorar tirou-o de seu devaneio. Uma ideia cruzou sua mente, ligeira como um raio. Será que Thorar teria enviado a mensagem? Pensando um minuto sobre isso, concluiu que estava fora de cogitação, mas, a fim de se convencer, avançou para alcançar o comandante.

— Ainda falta muito para o grande salão do rei Bue? – ele perguntou.

— Os pântanos estão firmes e congelados e a neve não está funda em parte alguma. Devemos chegar no início da noite.

Helgi soltou uma risada e disse:

— Um bando de patos selvagens acabou de passar voando e seus compatriotas se lembraram de como os preparam. Eles se lembraram de como devem caçá-los. Por mim, ficarei feliz de encontrar o rei Bue.

— Por aqui, dizemos que o rei gosta do convidado que gosta do que agrada a ele – Thorar respondeu com um sorriso.

Estein lhe perguntou:

— Você conhece algum velho e, ia me esquecendo, uma donzela também? Vi escrito nas runas em algum lugar…

Fiel a uma intuição indefinível, não comentara com Helgi nada sobre o presente que tinha recebido; por isso, o olhar de surpresa do irmão. A menção às runas não pareceu despertar nenhuma lembrança em Thorar. Com um sorriso grave ele respondeu:

— Existem muitas histórias sobre donzelas e algumas sobre velhos. Se não me engano, uma ou duas sobre rapazes e donzelas.

— Poupe Estein dessas últimas – pediu Helgi, levemente. – Ele pensa que é um velho e nunca se lembra das donzelas.

Vandrad, o Viking

Evidentemente, Thorar não tinha conhecimento da mensagem, e Estein calou-se de novo.

Aos poucos, chegavam mais perto da massa escura que era a floresta, estendendo-se desde a margem do lago que abrigava. No final da tarde, penetraram na mata usando um caminho estreito e esburacado. A escuridão os cercou com rapidez conforme seguiam pela trilha tortuosa em meio às árvores. O ar esfriava consideravelmente. Agora, as mãos e o rosto de todos eles estavam cobertos de uma fina camada de gelo. O silêncio era geral e, por um bom tempo, não se ouviam mais do que as batidas metálicas dos armamentos e o incessante estalar da neve e dos galhos caídos que quebravam sob os pés dos homens. Um rumor de vozes distantes lhes chegava de pouco em pouco e, por fim, o caminho se abriu numa ampla clareira.

– Estamos quase lá – Thorar anunciou. – Não ria da nossa rude hospitalidade, Estein. Mas, se o fizer, que nossas boas-vindas possam compensar.

Uma fatia fina de lua acabava de subir no céu, acima da linha das árvores. Sob seu tênue clarão, o grupo enxergou um pequeno povoado na borda da clareira. Muitos archotes se acenderam e múltiplas vozes começaram ao mesmo tempo a comentar aos gritos a chegada dos homens.

– Parece que nem todos os homens do rei Bue fugiram afinal – Helgi observou em voz baixa.

Estein não respondeu, mas os dois irmãos adiantaram-se um pouco, posicionando-se à frente dos vinte integrantes do seu grupo. Nessa formação entraram no vilarejo. Viram que consistia em poucas casas singelas, reunidas do lado de fora de uma paliçada de madeira. Thorar os conduziu a um portão principal e então, abrindo passagem para os nórdicos, gritou:

– Bem-vindo, Estein!

Quando entraram, depararam com uma cena estranha e emocionante. Imediatamente à frente do grupo abria-se um pátio largo em cujo centro erguia-se o grande salão do rei Bue, alto e longo, dotado de janelas, agora iluminadas. Os homens tinham formado uma fila que ia do portão até o salão, segurando grandes tochas. As chamas fumegantes iluminavam o rosto vincado e selvagem daqueles bravos. Os galhos dos pinheiros mais além tornavam a noite ainda mais escura, lembrando uma imensa abóbada. Por toda parte, ouviam o clamor das vozes, e um bando de figuras, todas envoltas em peles de animais, reuniu-se perto do portão para tentar ver os forasteiros.

Estein entrou primeiro e, tão logo adentrou o pátio, um homem – que possivelmente os locais tinham empurrado para frente – tropeçou nele.

Lá de trás, onde ainda estava, Thorar então exclamou com severidade:

– Deem passagem! Deem espaço para o convidado do rei passar!

O homem prontamente recuou, mas não antes de ter tido tempo de sussurrar:

– Cuidado, Estein! Não beba demais!

Enquanto caminhava ao longo da fila de portadores de tochas até a porta do grande salão do rei, o perigo da situação, supondo que haviam realmente arquitetado uma traição, de repente ocorreu a Estein. Era tarde demais para voltar atrás, mesmo que seu orgulho lhe permitisse cogitar a respeito. Só podia pensar em alertar seus homens e, tanto quanto possível, mantê-los juntos e perto dele.

Ainda pensava nisso quando se deu conta de que estava diante da porta do grande salão onde um membro da corte, vestido com a pompa dos bárbaros, introduziu-o no recinto em que eram servidas as bebidas. Um coro dissonante de vozes desconhecidas, formado por cem ou mais convidados ali presentes, deu-lhe as boas-vindas. Dirigiu-se ao seu assento ao lado do trono do rei Bue e, no calor do momento, não conseguiu executar nenhum plano de se comunicar com seus homens. Helgi o seguiu até a plataforma e só teve tempo de trocar poucas palavras com Estein, que lhe sussurrou:

– Beba pouco e fique atento!

– Então você também o viu? – Helgi respondeu no mesmo tom ansioso. Estein pareceu surpreso e, chegando mais perto, Helgi lhe segredou rapidamente:

Vandrad, o Viking

– O penúltimo homem dos archotes foi aquele que capturamos na floresta e libertamos hoje pela manhã. Acho até que estou vendo outro dos nossos prisioneiros agora. Os guarda-costas do rei Bue foram enviados para nos capturar. – Helgi conseguiu terminar no fim do fôlego, quando Estein teve de se virar de repente.

Ao tomar seu lugar no banco dos convivas deu uma olhada geral no salão e viu os vinte do seu grupo espalhados entre os outros convidados.

"Idiota!", Estein pensou. "Caí numa armadilha como um bebê de colo. O país inteiro veio se preparando para a nossa vinda, e o povo foi instruído a deixar suas casas. Os próprios guarda-costas do rei foram usados como iscas no meio do caminho. Seria esse o sentido das runas?"

No entanto, não havia nenhuma prova concreta de traição e só lhe restou observar e ouvir. E certamente havia barulho bastante a ser ouvido. Nunca entre os mais contumazes bebedores de seu país os dois irmãos tinham visto tal orgia.

O rei, um velho com aparência de tolo, evidentemente sob o total domínio de Thorar, logo chegou a uma condição lamentável. À sua volta, os homens iam rapidamente ficando cada vez mais embriagados e o tempo todo eram abastecidos com mais cerveja. A assiduidade evidente com que enchiam seus canecos fazia crescerem as suspeitas de Estein. Quanto aos seus homens, o filho de Hakon viu-se impotente. De vez em quando, relanceava os olhos pelo grande salão e podia ver como eles prontamente sucumbiam à hospitalidade de Jemtland.

Pessoalmente, achava difícil recusar os convites frequentes para um brinde que lhe eram feitos, mas, por fim, quando os homens perto dele tinham chegado a tal estado que não conseguiam mais observar nada, colocou seu caneco no colo e espetou sua adaga no fundo do recipiente. Com isso, segurando-o o tempo todo longe da mesa, conseguiu se livrar do líquido com a mesma rapidez com que lhe era servido, dando a impressão de que esvaziava continuamente o caneco. Helgi tinha adotado uma tática diferente. Mantinha a cabeça nos braços e, em resposta aos chamados para mais um brinde, só respondia com sons incoerentes, mas de vez em quando Estein pôde ver que ele se sacudia de tanto rir.

Por mais desconfiado que estivesse, foi um choque para Estein ouvir como seu pior receio foi subitamente confirmado. As pessoas já estavam dando com a língua nos dentes e, quando passou a ouvir com atenção o que diziam, escutou um chefe ao seu lado dizer claramente:

– Não sabem de nada... que bebam, que bebam. Esses cães nórdicos vêm até aqui para destruir o nosso país e é aqui que ficarão. Sim... e nunca mais hão de beber. O rei Hakon vai procurar o filho em vão.

Esse homem perdeu o equilíbrio no momento seguinte e rolou para baixo de seu assento. Fora posto entre Estein e Helgi, e agora Estein podia se inclinar para o irmão e, com a desculpa de tentar fazer com que bebesse mais, segredou-lhe uma instrução:

– Saia pela porta de trás e me espere no pátio, no ponto mais distante da entrada.

Helgi ficou quieto por um minuto e depois, pondo-se de pé, disse alguma coisa sobre "cerveja forte e ar fresco". Em seguida, saiu trançando as pernas, fingindo perfeitamente estar bêbado.

Thorar, sentado na frente dele, bebia bem pouco, mantendo-se sóbrio e alerta o suficiente. Lançou um olhar penetrante para Estein, mas o viking, encarando-o sem vacilar, riu alto e exclamou:

– A cabeça de Helgi não parece nenhum pouco tão forte quanto a mão da espada, Thorar!

Pelo menos daquela vez o comandante ficou sem saída e, com uma gargalhada, esvaziou seu caneco e disse:

– Tinha uma imagem melhor de vocês, nórdicos.

A parte mais difícil do plano ainda estava por executar. Ele sabia que sair do mesmo modo que Helgi iria despertar suspeitas. Se demorasse demais, iriam atrás de seu irmão. E lá estava Thorar, na sua frente. Estein sabia que se conseguisse se livrar dele pouco teria a temer de qualquer um dos outros. Tinha matutado bastante sobre seu plano: o rei, adormecido já há algum tempo, de repente resolveu sua dificuldade. Acordou assustado, viu que as bebidas estavam acabando e então gritou com o ardor dos bêbados:

– Mais cerveja, Thorar, mais cerveja! Estein não está bebendo!

Thorar deu uma olhada à sua volta e notou que mais ninguém seria capaz de dar conta da tarefa. Duas vezes chamou alguns serviçais pelo nome, mas ninguém respondeu. Então, com cara de poucos amigos, levantou-se e foi para o fundo do salão.

A mesa alta em torno da qual estavam sentados era iluminada por dois archotes grandes, fincados em seu suporte. Enquanto Thorar ainda andava até o fundo do salão, Estein fez de propósito um gesto desajeitado e apagou a chama do archote que estava mais perto dele. Olhando rapidamente por cima do ombro, viu o comandante sair do salão pela porta do fundo. Então, ficou em pé e fingindo que ia acender de novo a chama apagada, usando o outro archote, apagou este também. Na repentina semiescuridão que se seguiu, escorregou por baixo do tampo da mesa e, movimentando-se rapidamente de quatro, foi na direção da porta de saída. Ninguém no salão pareceu reparar que ele tinha saído, mas, ao abrir cuidadosamente a porta, viu de canto de olho que um homem escapulia do outro lado.

A CASA NA FLORESTA

Contra o ambiente iluminado e aquecido do grande salão, a noite que o rodeava lá fora estava escura como breu, além de terrivelmente gelada. Uma nuvem rala mal encobria a lua, mas havia luz suficiente para verificar que o pátio forrado de neve estava deserto. Somente à sombra das estacas e na extremidade da construção é que alguém poderia se esconder. Antes de se afastar da porta do grande salão, Estein correu os olhos com cuidado pelas duas estruturas. Como não conseguia enxergar nada, deu um passo cauteloso adiante, mas nesse instante, silencioso como um fantasma, saiu de trás da esquina formada pelo grande salão uma figura escura que, sem parar nem por um instante, veio diretamente até ele. Estein só reparou que o homem era baixo, atarracado, e estava envolvido por um manto de pele, antes de investir com a espada. Estava praticamente espetando a espada no sujeito quando ele ergueu a mão e parou.

– Quem é? – Estein perguntou em voz baixa, avançando mais um passo enquanto falava, a espada pronta para o ataque.

– Estein Hakonson – o outro replicou, também em voz baixa –, não desperdice seus golpes contra os amigos. Lembre-se das runas e siga-me. Temos pouco tempo para falar agora.

VANDRAD, O VIKING

Virou-se de costas ainda falando e, olhando para trás para conferir que Estein o seguia, partiu para a paliçada. Estein hesitou por um momento. O homem exclamou:

– Você ficou louco? Ou prefere morrer aqui como um cão?

– Vá na frente – Estein respondeu, ainda de espada em punho. Mas atravessou o pátio atrás do desconhecido.

O homem escalou rapidamente todas as estacas e, pegando um machado que levava sob o manto, enterrou-o com força na madeira, o mais alto que conseguiu. Em seguida, com a agilidade de um gato, chegou ao alto do tapume e se encarapitou lá em cima.

– Rápido! Rápido! – ele sussurrou. – Guarde a espada e pare de me olhar aí plantado como um bobo.

Embora muito maior do que o outro sujeito, Estein era ágil e leve. Seu guia, vendo como subia pela cerca, murmurou:

– Assim está melhor; agora temos uma chance.

Caíram do outro lado, e o homem disse a Estein que o seguisse. Antes que entrasse na mata, teve seu braço puxado pelo viking que lhe disse:

– Marquei aqui com o meu irmão. Preciso esperar por ele.

Tendo perdido a paciência, o homem de Jemtland se virou para ele e respondeu:

– Você acha mesmo que vim salvá-lo para minha própria satisfação? Nunca fiz nada tão horrível na minha vida inteira. Se seu irmão não está aqui agora, nunca estará. Não me disseram para arriscar a vida por causa dele. Venha!

– Então, vá! Eu fico aqui – Estein afirmou.

O homem bateu o pé várias vezes enfurecido. Virando-se com um movimento brusco, era como se fosse deixá-lo, mas, em seguida, parou na frente de Estein e disse:

– Que os deuses o amaldiçoem! Está vendo este caminho à nossa frente? Vá por ele o mais rápido que puder, enquanto eu, burro como sou apesar

103

do que ainda possa sofrer, vou voltar e buscá-lo, se puder ser encontrado. Pare de me encarar! Vá logo! Vou alcançar você daqui a pouco.

Dito isso, saiu depressa dali, à sombra da paliçada. Depois de pensar por mais um instante, Estein tomou o caminho indicado. Nunca antes se sentira tão completamente nas mãos do destino, que parecia chutá-lo de um lado para outro sem a menor delicadeza e sem indicar o propósito disso tudo. Conforme ia tropeçando através do breu que cobria a trilha no meio da floresta, tentava ligar uma coisa a outra e achar sentido no presente que lhe haviam dado e que trouxera em sua viagem para Jemtland.

Evidentemente quem o enviara estava muito longe de um conluio com seus inimigos, já que tinha gerado uma espécie de contracorrente, arrastando-o para um lado bem quando o destino parecia estar querendo levá-lo para outro. Para aumentar sua perplexidade, o sumiço de Helgi era uma preocupação nesse instante. Não ouvira ninguém dar um grito de alarme, e seu irmão teria tido tempo suficiente para chegar ao local do encontro antes dele. Estein se sentia como se estivesse perdido num labirinto.

De repente, ouviu o ruído de ramos e galhos se partindo ao seu lado e um homem saiu do meio das árvores. Antes de ter tempo de sacar sua espada, a voz dura e impaciente de seu guia exclamou:

– Foi tudo isso que você conseguiu andar? Nesta altura, seu irmão escapou ou foi capturado, não me importa o que aconteceu. Não o encontrei.

– Bem, então talvez eu deva tomar mais cuidado com a segurança dele, certo? – Estein decidiu com uma voz tomada pela raiva.

– Adiante! – respondeu o outro. – Deram o alarme e nem você nem Helgi podem ser encontrados. Então, quem sabe, ele ainda não está pagando os pecados. Não vim aqui só para ficar escutando o seu falatório.

Retomou a marcha enquanto ainda estava falando e, percebendo a inutilidade de buscar o irmão, Estein o seguiu com o coração pesado, pensando:

"Se ainda não o encontraram, talvez tenha escapado. Mas por que não me esperou? Se estivesse vivo, certamente teria esperado por mim."

VANDRAD, O VIKING

Tomado por um silêncio melancólico, seguiu o guia misterioso por um longo trecho. Só havia espaço para irem um atrás do outro, e Estein estava tendo certa dificuldade para acompanhar o homem. Às vezes, tinha a impressão de que saíam da trilha e iam direto para dentro da mata onde não havia nenhum caminho aberto, mas o guia agia com uma rapidez e uma certeza que o deixavam espantado. Depois, retomavam a trilha por algum tempo e até aceleravam o passo quando o chão se mostrava mais regular.

Finalmente, chegaram a uma clareira grande e bem aberta onde um riacho escorria entre margens cobertas de neve, enquanto a silhueta vaga de algum animal assustado deslizava numa fuga silenciosa em meio às sombras da floresta.

A lua tinha escapado das nuvens e, com esse clarão, Estein tentou discernir os traços de seu guia. Sob o gorro de pele havia pouco do rosto possível de se ver, mas ele parecia um sujeito escuro, descuidado da sua aparência e de aspecto especialmente selvagem, mas não havia nada naquele semblante que falasse à memória do viking. Ele não disse uma só palavra, mas, com passos cadenciados, apressou-se a atravessar a clareira, com Estein seguindo-o de perto.

– Para onde estamos indo? – Estein perguntou em um determinado momento.

– Você ainda vai ver. Não desperdice fôlego – o outro respondeu com impaciência.

Mais uma vez, voltaram para a mata e percorreram uma distância considerável até alcançar um caminho estreito e irregular que de repente deu em mais uma clareira. No meio daquela área, havia uma pequena construção de madeira. O teto, coberto por uma fina camada de gelo, cintilava ao luar, e um fio esguio de fumaça subia da ampla chaminé, numa extremidade da pequena casa, mas nem um só raio de luz saía pela janela ou pela porta. O homem foi até a porta e bateu.

– É aqui que termina a nossa caminhada – Estein comentou.

– É o que parece sim – o outro respondeu impaciente, batendo de novo.

Dessa vez, ouviram o som de um ferrolho sendo aberto. Então, quando a porta se abriu por inteiro, Estein viu sob o umbral um velho que segurava um archote aceso. Por um instante, rápida como um relâmpago, cruzou a mente de Estein uma nítida imagem do eremita Andreas. Instintivamente, recuou um passo, mas as primeiras palavras que o ancião pronunciou logo dissiparam tal imagem.

– Estava à sua espera, Estein.

– Atli!! – ele exclamou.

– Sim – disse o velho. – Vejo que não fazia ideia de onde o caminho iria levá-lo. Mas entre, Estein, entre, se depois de uma recepção oferecida pelo rei você aceita as minhas boas-vindas.

As últimas palavras foram pronunciadas com um toque de ironia que dificilmente soariam convidativas. Estein respondeu, enquanto entrava:

– Acho que lhe devo um agradecimento por ter me levado àquele banquete.

Estein se viu num aposento que parecia ocupar quase a casinha toda. Metade do teto era de madeira e funcionava como chão para mais um espaço no alto, enquanto a outra parte só exibia as traves inclinadas de sustentação do telhado. Uma escadinha ia do chão até o mezanino e, na ponta mais perto da porta da casa, um fogo brilhante ardia na lareira. Nas paredes estavam penduradas as peles de muitos ursos e lobos, além de algumas lanças e arcos.

Atli deixou que o outro homem fechasse a porta e seguiu Estein ao pé do fogo. Sem notar nem se importar com a secura do comentário do jovem viking, Atli respondeu:

– Estein, eu tinha certeza de que você viria. Algo me dizia que você não demoraria em atender ao meu chamado.

– Então, você mandou me buscar para cair numa armadilha? – Estein disse com a testa toda franzida, muito contrariado.

– Então uma águia trai outra com corvos e qualquer ave de rapina? – o velho respondeu com altivez.

Estein explodiu:

– Fale logo, velho! Guarde os mistérios para os usuários de runas e de outros truques. O que querem dizer a mensagem e esse complô para me resgatar? Deixei para trás meu melhor amigo e vinte dos meus melhores homens. Eu mesmo precisei fugir às pressas para salvar a própria pele diante de um bando de cães furiosos de Jemtland. E até onde eu sei, Ketill e o restante da minha tropa podem ter sido drogados e queimados vivos, durante o sono, bem agora, enquanto falo com você. Pode me explicar alguma coisa?

Atli olhou para ele por um momento e então respondeu com gravidade:

– Realmente, ouvi que alguma mudança estranha tinha ocorrido com Estein Hakonson. Houve um tempo em que aquele que acabou de lhe salvar a vida teria direito a receber melhor agradecimento.

Com visível esforço, Estein controlou a raiva e respondeu com uma voz mais contida:

– Tem razão. Quem você conheceu era outro Estein. Desculpe, prossiga. – Sentou-se num banco enquanto falava e então fixou os olhos no fogo.

– Os deuses realmente têm tratado você com mão pesada – Atli disse. – E é por insistência deles que chamei você aqui.

Sem desviar os olhos das chamas o tempo todo, Estein indagou, torcendo a boca um pouco:

– Eles também falaram com o rei Bue?

– Não. Estein, ouça o que vou dizer. Eu sabia que o rei Hakon não demoraria muito para mandar uma força a Jemtland para se vingar.

Aparentemente para si mesmo, ainda acrescentou:

– Ele nunca foi capaz de esquecer uma ofensa. Assim, como sabe, enviei aquele presente para você. Então fiquei a par de boatos preocupantes, pois, embora eu viva nesta floresta, longe dos homens, pouco acontece neste país – sim, na Noruega também – que não chegue ao conhecimento de Atli. Fiquei sabendo do complô para trair e prender seus guerreiros. E, embora tenha saído da Noruega há muito tempo, o sangue nórdico ainda corre nas minhas veias.

– E você não podia ter nos avisado antes? – Estein perguntou.

– Thorar guardou segredo sobre seus planos por tanto tempo que era tarde demais para fazer alguma coisa além do que fiz. Mandei Jomar para a festa como você viu.

O guia de Estein estivera sentado diante do fogo, comendo um pouco de carne fria, prestando pouca atenção à conversa, mas, ao ouvir as últimas palavras, levantou-se e atirou os ossos nas chamas antes de falar:

– Não foi porque eu quisesse. Não gosto nada dos nórdicos.

– Paz! – Atli exclamou com severidade. – Não se sente grato por tudo que fiz por você? Nem medo do que posso fazer?

– Continue com esse falatório com o nórdico, estou cansado – Jomar retrucou e, afastando-se da lareira, enrolou-se numa pele de urso, deitou-se no chão e caiu no sono imediatamente.

– Agora, Estein, diga-me – o velho continuou –, que não me culpa de nada.

– De tudo, fora ter me tirado a chance de saber que fim levou Helgi – Estein respondeu com tristeza. – Mas me lembro de você mesmo ter dito que o fim de nós dois não seria nos distanciarmos, então acho que você atrasou um pouco a minha morte.

– Não, pelo contrário! – Atli exclamou com entusiasmo. – Acredite que Helgi vive, uma vez que a sua vida esteja a salvo, Estein. Uma coisa lhe digo: você tem muitos anos ótimos pela frente. Por meu intermédio, pela boca deste velho Atli, os deuses lhe enviam uma mensagem!

O tom exaltado de suas palavras, a animação de seu semblante, o brilho em seus olhos de um azul pálido causaram uma forte impressão em Estein.

– Por seu intermédio? – ele indagou com espanto. – Mas o que você tem a ver comigo?

VANDRAD, O VIKING

Com voz ainda vibrante, o velho seguiu falando:

– Assim como nas janelas deste casebre estão penduradas essas peles, também sobre a minha vida pende uma cortina que talvez ainda não tenha sido plenamente levantada. Talvez o destino resolva o que esconderá para mim. Um pouco dessa cortina, porém, posso me arriscar a levantar. Ouça, Estein!

O MAGO

Tendo dito essas últimas palavras, Atli se inclinou e pegou dois pedaços de lenha para lançar ao fogo. Por um minuto, ele os viu começar a arder, estalar e soltar fagulhas. De cenho franzido, refletia sobre como começar a falar. Então, virou-se para Estein e disse:

– Quando eu te vi à margem de Hernersfiord, há mais ou menos dois anos, você chegou a pensar que Atli era um forasteiro?

– Realmente pensei – Estein respondeu –, apesar de algumas de suas palavras indicarem o contrário.

– Sim, Estein – o velho disse. – Quando você não era mais alto do que esse banco em que está sentado, eu o segurava nos braços, e esses dedos que agora empunham uma espada, e a julgar pelo que dizem os homens com muita firmeza, antigamente brincavam com a minha barba. A neve tem caído nela desde então, Estein. Você não se lembra de mim?

Estein olhou para ele com atenção antes de falar:

– Não, Atli, minha memória não me leva tão longe.

– Está bem – Atli prosseguiu –, mas, principalmente, eu era amigo do seu desafortunado irmão Olaf.

VANDRAD, O VIKING

– De Olaf? – Estein indagou com um sobressalto.

– Sim, Olaf. Muitas vezes lutei ao lado dele em terra e no mar e nunca amei tanto uma pessoa, homem ou mulher, como amei seu irmão. Quando criança, era curioso como você se parecia com ele. Ao ver seu rosto agora, me voltam à lembrança várias cenas do passado. Não admira que eu estivesse tão ansioso por vê-lo, Estein.

– Então, por que você não foi à casa do meu pai? Um amigo de seu filho sempre seria bem-vindo – falou Estein.

– Seu pai e eu nos desentendemos – Atli explicou. – Desde então, ainda devo continuar nas sombras, o que não me atrapalha em nada para o meu atual propósito. Não podia visitar Hakonstad, Estein. Não podia nem continuar na mesma terra em que Olaf perdeu a vida.

Sua voz tremeu de leve e ele fez uma pausa. Estein permaneceu calado, à espera de que ele prosseguisse. Em tom mais contido, Atli disse:

– Durante alguns anos, viajei pelos mares ocidentais, mas estava envelhecendo e minhas forças diminuíam. Aquela vida de lutas, sempre encharcado, já não dava mais. Então voltei para casa.

– E meu pai? – Estein perguntou.

– Não tinha ideia de que eu estava lá – Atli contou. – Restavam-me poucos amigos e companheiros de batalha naquelas terras, mas já fazia tempo que eu vinha pensando em outras coisas sobre o que fazer com a minha vida além de atacar povoados e esvaziar canecos de cerveja em Yule. Muitas vezes, à noite, eu me sentava a céu aberto[1]. Tinha lido as estrelas e conversado com vários magos e homens que sabiam os segredos das coisas invisíveis. Estive muito tempo entre os finlandeses, morei com os lapões e aprendi as tradições desses povos. Depois vim para Jemtland, onde diziam que viviam homens de saber.

– Saber! – exclamou Estein, indignado. – Um bando de cães traiçoeiros, isso sim!

---

[1] "Sentar-se a céu aberto" era um método de adivinhação do futuro praticado por feiticeiros em que eles passavam a noite ao relento e convocavam os mortos para lhes falar. (N.T.)

– Eles têm saber, é verdade – disse o velho –, mas não são sensatos. Este Jomar é tido como um profeta por seu povo.

Atli lançou um olhar depreciativo à figura que dormia no chão. Então prosseguiu:

– Desde que cheguei já ensinei mais a ele do que teria podido aprender na vida inteira que vai levar aqui. Como pôde ver, ele me teme e me obedece como a um mestre. Com ele instalei minha morada e vivo neste local que só bem poucos sabem onde fica. Mesmo assim, em meus pensamentos, sempre volto à Noruega e, principalmente, penso em você, Estein. Sonho com você muitas vezes e por fim uma voz – ele continuou praticamente sussurrando – insistiu para que eu o procurasse. Agora, já sabe como o encontrei.

– Quisera ter dado mais atenção ao seu aviso – Estein acrescentou em tom sombrio.

– Aconteceu tudo aquilo mesmo? – Atli indagou. – Não, nem precisa me responder. Digo a verdade e a verdade deve acontecer.

– Então você tem mais algum conselho para me dar?

– Sim. Ouvi falar do tal feitiço e da lamentável mudança que você sofreu. Em meus sonhos e quando me sento à noite a céu aberto, tenho visto muitas coisas: um velho usando uma veste estranha, uma donzela ao lado dele. Ah! Acertei no alvo?

A sinceridade do vidente era tão arrebatadora, tão verdadeiras foram suas últimas palavras, que ocorreu a Estein que só poderia ter sido intriga dos seus homens que essas notícias tivessem chegado aos ouvidos de Atli. Tudo lhe parecia uma visão inspirada sobre o seu passado e ele rompeu a falar, mas depois prosseguiu com mais vagar:

– Sim, a seta acertou o alvo.

– Em nome do seu irmão devo uma coisa a você – o velho continuou. – Posso apresentar um motivo de peso, mas talvez não. Apenas pelo seu bem, desejo curar você. Se eu não conseguir desfazer o feitiço, ninguém conseguirá.

"Você me contará o que aconteceu?", ele ainda acrescentou, em dúvida.

VANDRAD, O VIKING

– Não me peça isso – Estein respondeu. – Diga-me o que fazer e eu prometo seguir seu conselho.

Como se temesse que continuar com as perguntas pudesse enfraquecer suas próprias palavras, Atli imediatamente retomou sua atitude mística.

– Por muito tempo lutei com essas visões. O rosto do mago e da bruxa – e o semblante de Estein se fechou por um instante – eu não conseguia ver, mas por fim, na calada da noite, uma voz falou comigo e eu soube que vinha dos deuses. Ela falou por três noites. Na quarta, sentei-me a céu aberto e convoquei que novamente viessem a mim desde as mais remotas montanhas e desde os lagos mais distantes, e até mesmo do além-túmulo que viesse Olaf. Ele também falou. Todas as vezes a mensagem dizia a mesma coisa.

– E o que dizia?

– Um barco deve cruzar de novo os mares.

O velho repetiu as últimas palavras devagar, em voz baixa, e então, por algum tempo, o silêncio se impôs. A mensagem era vaga e curta, mas combinava exatamente com o desejo que Estein abafava havia bastante tempo. Atli acreditava tão completamente em si mesmo e na virtude de seu conselho que o jovem viking ficou inteiramente tomado por essa fé. É em momentos tão repentinos e sugestivos como esse que o homem se sente de todo arrebatado.

Estein foi quem falou primeiro:

– Aceito o conselho, Atli – afirmou, colocando-se em pé de um salto. – Assim que a neve derreter, embarco de novo e vou no rumo do poente.

O velho apoiou afetuosamente a mão no ombro do rapaz:

– Eis que fala o irmão de Olaf – ele disse. – Agora, vamos dormir. Pela manhã vou mandar Jomar avisar Ketill, por isso não se preocupe com mais nada.

– Queria saber o que foi feito de Helgi...

– Não duvide das minhas palavras – Atli insistiu. – O destino dele está intimamente ligado ao seu, Estein.

JOSEPH STORER CLOUSTON

Levou então o jovem viking a um estrado de madeira que servia de cama, no mezanino. Ali, exausto pela ansiedade e pela fadiga, ele rapidamente caiu no sono.

Já era perto do meio do dia quando acordou e o sol era filtrado pela janelinha do sótão. Encontrou Atli embaixo, na sala.

– Parece que virei um vagabundo...

– Jovens precisam dormir – respondeu o velho. – Não havia necessidade de se levantar antes, senão eu o teria acordado. Jomar saiu mal o dia clareou. Até que volte, você não pode fazer nada.

– Nada? – Estein reclamou. – Não tenho um irmão para procurar? Só me dê alguma comida que dure até o anoitecer e eu pego a estrada.

Primeiro, o velho tentou dissuadi-lo, mas, percebendo como estava irredutível, acabou lhe dando um gorro e um manto de pele de lobo para pôr sobre a cota de malha a fim de que os locais não o identificassem. Também lhe deu um bom arco e algumas flechas, junto com copiosas e confusas instruções sobre os caminhos da floresta.

Conforme seguia pela mesma trilha que tinha tomado na noite anterior, fazia planos bastante vagos. Chegar perto do grande salão do rei Bue e, aproveitando a mata que cobria toda a região, espiar e divisar o que pudesse ser visto: eis o plano arriscado que se propunha. Achou que talvez Helgi estivesse perambulando por lá também; se o destino fosse generoso, poderiam até se encontrar. Em todo caso, não descansaria com toda essa incerteza e retomou a marcha com destemor. Sorriu quando viu como estava vestido: a longa pele de lobo quase lhe chegava aos joelhos. Tinha envolvido as pernas em meias grossas para protegê-las do frio e seu capacete estava coberto pelo gorro de pele. As únicas peças visíveis de seu equipamento original eram a bainha da espada à cintura e o escudo longo que trazia pendurado às costas. Tinha hesitado quanto a vir com o escudo, mas antes que o dia findasse teria motivos para se dar os parabéns por tê-lo à mão.

Em breve alcançou a clareira que tinha cruzado à luz da lua e, indo até sua extremidade, logo depois encontrou o início de outro caminho

VANDRAD, O VIKING

que, no final, se dividia em duas trilhas. Estein teve de admitir que estava completamente confuso.

– Parece que estou sendo o brinquedinho do destino! – ele exclamou depois de tentar em vão se lembrar das instruções de Atli. – Que o destino decida, então. A vida sempre é um lance de dados. – Dito isso, atirou sua adaga ao ar e disse: – Ponta: direita; cabo: esquerda.

Como a adaga caiu de ponta, afundando quase toda na neve, ele decidiu: – Para a direita, então. – E assim partiu nessa direção.

Estava tão escuro durante a fuga e tinham seguido com tanta pressa que nada restava em sua memória da noite anterior que pudesse indicar para onde estava indo agora. Só sabia que estava andado sem rumo há algum tempo quando enfim vislumbres brancos de uma área descampada surgiram entre as árvores mais à frente. Logo chegou à borda da floresta e viu que a adaga acabara por desviá-lo bastante do caminho que pretendia tomar. Diante de seus olhos se abria uma ampla área desprovida de árvores que só fazia aumentar a distância. Ali perto havia a margem de um lago estreito que se estendia por mais uns quatro quilômetros de campos de neve sólida. Assim como o lago maior por onde tinham passado, também estava congelado e sua superfície branca faiscava. A menos de cem metros dali, entre a mata e a água, viu um povoado. Havia alguns homens entre as moradias e, a julgar por seus movimentos e pela presença de dois ou três trenós, avaliou que um grupo devia ter acabado de chegar ou estava prestes a partir. Como não parecia estar acontecendo mais nada, entendeu que tinham recém-chegado. E vendo que pouca vantagem lhe traria continuar esperando por algo, estava quase voltando pelo caminho que o trouxera até ali quando sua atenção se voltou para duas mulheres que apareceram no pátio. Tinham saído de uma casa, e a mais alta das duas se dirigiu ao grupo de homens mais próximo. A outra, que lembrava a mulher de um camponês, seguia atrás. A aparência da primeira fisgou o olhar de Estein imediatamente e seu coração de repente começou a bater mais depressa. Só podia vê-la de costas conforme ela ia até os homens, mas cada gesto que

115

fazia, por menor que fosse, despertava intensa e claramente a lembrança de alguém da Ilha Sagrada.

Resmungou baixinho:

– Pelo martelo de Thor e pelo cavalo de Odin, este país sem dúvida é enfeitiçado – ainda tentou se convencer de que sua imaginação estava brincando com ele. Depois de ter visto Osla tantas vezes na sua cabeça, aquela moça, pois parecia jovem, correspondia aos seus pensamentos. Ela ser quem ele amava, ali em carne e osso, era para rir de tão impossível. Mesmo assim, quando falava com aparente autoridade com os homens reunidos à sua volta, a semelhança ficou tão forte em determinados momentos que ele acabou dizendo para si mesmo: "Não... não se parece com ela".

Gesticulando, os homens respondiam a ela, mas as vozes deles lhe chegavam sem nitidez, ao passo que a dela, por mais que ele se esforçasse para ouvi-la, lhe escapava totalmente. Teve a impressão de que todos estavam discutindo por algum motivo, até que um deles deu um grito e apontou na direção de Estein. Foi quando percebeu que, levado pela curiosidade, tinha saído da sombra protetora da mata e estava visível num espaço entre algumas árvores.

Ouvindo o grito de alerta, todos do grupo se viraram para olhar na sua direção, e ele então viu o rosto da jovem.

– É ela ou seu espírito! – exclamou.

Instintivamente recuou para trás de uma árvore. No mesmo instante, os homens avisaram aos gritos o que lhes pareceu um sinal de fuga. Um atirou uma flecha que passou sem risco ao lado do viking, e então todos vieram em sua direção. A moça tinha se afastado e ido até onde estava a outra mulher. Foi quando ele recobrou o juízo. Tomando de volta o caminho que o levara até ali, começou a andar tão depressa que mal encostava os pés no chão.

Por algum tempo foi uma caçada intensa. Os homens se espalhavam para cobrir tanto terreno quanto possível, e uma ou duas vezes os líderes pareceram chegar bem perto. Estein tinha os pés ligeiros, porém, a mata

VANDRAD, O VIKING

muito fechada tornava difícil perseguir um homem por muito tempo. Finalmente os sons do grupo que o buscava foram ficando distantes, e ele sentiu que, pelo menos por enquanto, estava a salvo. Mas tinha saído do caminho que pretendia seguir e não havia mais nada que pudesse guiá-lo, exceto por breves lampejos do sol se pondo, o gelo que indicava o lado norte dos ramos e talos, e os espaços mais abertos entre os galhos pelo vento extremamente forte.

Enquanto seguia adiante, sua mente mal discernia a presença e o significado das pistas que a floresta dava. Umas vinte vezes pelo menos ele descartou a semelhança que tinha percebido, pensando que era fruto de sua imaginação. A moça estava longe demais para que pudesse ter reconhecido seus traços. Sua silhueta não era realmente aquela. E o argumento de maior peso: era totalmente fora de propósito que ela estivesse naquela terra de tantas florestas, tão distante de sua casa na ilha. Apesar de tudo, toda vez que desacreditava do que tinha visto, a semelhança lhe voltava novamente, com toda força, e ele precisava descartá-la outra vez. Tinha perdido qualquer noção de onde estava e o sol já tinha descido na linha do horizonte quando, mais por sorte do que por tino, as árvores à sua frente mostraram-se mais finas e ele percebeu que tinha voltado à clareira com o riacho.

FLECHA E ESCUDO

Tudo parecia estranhamente calmo e fresco na ampla clareira. O encanto do horizonte avermelhado de um ocaso gelado ia se dissolvendo no céu à medida que a luz diminuía. A floresta em torno se enchia de sombras. No alto, sobre o recorte do topo das árvores, a lua subia pálida.

Estein deu alguns passos, mas parou para prestar atenção e escutar. Pôde distinguir o som do riacho escorrendo nas pedras e mais nada. Logo os pios distantes de uma coruja lhe chegaram imperceptivelmente aos ouvidos. Foram dois e cessaram, tornando o silêncio ainda mais intenso ao mesmo tempo em que o ar ficava mais frio. De repente, um galho seco se partiu com um estalo agudo. Alertado, Estein olhou à sua volta, mas no lusco-fusco do eucaliptal não viu nada de mais. Por um instante, tudo ficou quieto, mas logo veio o som de outro galho quebrando. Dessa vez, pôde enxergar nitidamente um homem que saía de trás de uma árvore e se posicionava na borda da mata. Ficaram os dois se encarando por um minuto. Até onde Estein pôde perceber naquela escassa claridade, o homem usava um gorro e o manto de pele comum dos locais e parecia segurar um arco pronto para disparar uma flecha.

VANDRAD, O VIKING

Sem fazer ruído, Estein tirou da aljava uma flecha que preparou para o disparo. Justo quando baixou os olhos para ajustá-la na corda, escutou o zumbido de uma seta que passou voando ao seu lado. Veio assoviando e se enterrou em seu gorro de pele, mas foi detida pelo metal do capacete. Disse para si mesmo então, com um sorriso momentâneo ao disparar a sua flecha: "Esse arqueiro deve pensar que meu gorro é feito de algo especial".

Pôde discernir um movimento lateral do inimigo e ouvir a próxima flecha dele atingir um galho. Em seguida, o homem atacou de novo e, dessa vez, a seta o pegou no peito, mas sua cota de malha sob o manto de pele apenas a manteve pendurada. Estein sorriu sozinho, pensando: "Com certeza, esse arqueiro nunca disparou uma flecha contra um manto tão impenetrável! E dispara suas setas sem parar, com perfeição. Não queria topar com um arqueiro melhor do que este e seria ótimo se ele fosse um pouco pior". Então, pegou seu escudo, que continuava às suas costas.

Sua situação de fato estava longe de segura. Ele precisava tomar uma decisão já. Ali onde estava, num ponto aberto na área coberta de neve, era um alvo fácil, ao passo que seu adversário, entre as árvores, era difícil de enxergar e mais ainda de atingir.

Tentar investir diretamente contra um arqueiro tão habilidoso, apesar de ser uma manobra arriscada, teria sem dúvida valido a tentativa se ele não desconfiasse fortemente de que o sujeito estava servindo de isca para atraí-lo a uma armadilha. Com o sangue fervendo nas veias, pensou que sairia correndo, ainda mais quando fugir dali era muito complicado com o riacho às costas e com todo o trecho em que ficaria exposto, se tentasse cruzá-lo.

Em um curto instante avaliou suas opções e então, de súbito, lhe ocorreu um plano. Seu escudo tinha o formato de um longo coração mais estreito embaixo, onde terminava numa ponta que lhe chegava aos joelhos quando se punha totalmente em pé. Estein ergueu o escudo bem no alto e de um golpe enterrou a ponta no chão, logo se abaixando atrás dele com o joelho dobrado. No que se curvou, uma terceira flecha passou zunindo ao lado da sua cabeça, perdendo-se no crepúsculo. O viking se inclinou para o lado e disparou de novo. Um instante depois, uma quarta flecha se enterrou em seu escudo.

Seguiu-se um breve intervalo nas hostilidades em que, olhando em torno do seu "forte", Estein pôde ver que seu inimigo estava em pé, imóvel, sob uma árvore. No entanto, logo se cansou de esperar, e nesse momento uma seta, evidentemente destinada ao que podia vislumbrar das pernas do viking, passou a menos de vinte centímetros de um dos joelhos dele e foi cair na neve ao lado. Estein resmungou:

– Ele é muito bom. Se isto continuar, devo tentar algum truque desesperado. Não vou ter outra chance de disparar.

Levantou-se para ficar praticamente todo em pé, disparou outra flecha e rapidamente agachou de novo. Sem dúvida, o inimigo esperava uma manobra assim, pois ambos os arcos vibraram ao mesmo tempo. Enquanto Estein atingia com um baque algo que parecia macio, o outro atingia o viking na cabeça.

Lançando os braços para o alto, ele recuou e caiu em cheio no chão. Apesar de dar a impressão de que tinha sido mortalmente ferido, esboçou um ligeiro sorriso enquanto silenciosa e habilmente sacava a espada e pensava: "Será que a minha seta atingiu o alvo?".

Aparentemente não, pois o rival deixou seu abrigo entre as árvores e Estein pôde ver que ele vinha andando devagar através do espaço aberto. Usando um manto solto e quase grotesco de tão mal-ajeitado, aparentemente de couro de carneiro, mantinha a seta ajustada na corda do arco, pronta para ser disparada ao menor sinal de movimento de Estein.

Quando já estava a mais ou menos 150 metros, largou o arco de repente, sacou a espada e passou a caminhar a passos acelerados. No mesmo instante, Estein se pôs em pé de um salto e, soltando um berro, pulou sobre o adversário. As lâminas estavam a ponto de se cruzar quando o rival parou, baixou a ponta da espada e teve um acesso de riso tremendo, incontrolável.

– Pelas barbas de Thor, Estein! – ele proclamou, quase engasgando.

– Helgi! – gritou de volta o viking.

– Por todos os deuses, Estein! Esse foi um plano digno de você! – Helgi exclamou. – Que sorte que não disparei nenhuma flecha contra você no chão, como pensei em fazer, conhecendo as artimanhas do povo de Jemtland.

– Tive medo de duas coisas – Estein respondeu. – Uma, que você fizesse isso mesmo, e outra, que uma tropa dos vilões locais, como você se parece agora, saísse do esconderijo na mata aí atrás. Mas como foi que você escapou ontem à noite? Como acabou chegando aqui?

– Eu perguntaria a mesma coisa de você – Helgi respondeu –, mas uma coisa de cada vez. A minha história é curta Estein. Pode acreditar que não contém mais do que a verdade. Mas aguardo de boa vontade, se preferir falar primeiro.

– Não duvido – respondeu o amigo com um sorriso –, você tem a expressão de quem está muito contente consigo mesmo.

– Como devia ser! – Helgi exclamou. – Mas me escute e não zombe de mim antes do final. Saí do grande salão amaldiçoado pelos deuses e, penso, lotado de bêbados, como você viu. Minha imitação da embriaguez foi tão realista que inclusive, quando saí, senti a cabeça rodando por causa do ar fresco; minhas pernas bambeavam mais do que pretendiam. Então, eu disse para mim mesmo: "Helgi, meu caro, você tomou um caneco a mais para quem dá valor à própria vida". Com isso, esfreguei um pouco de neve na cara e em seguida, contando meus dedos, consegui entrar na casa que esperava. Mas, se bem me lembro, me enganei redondamente, como correspondia ao meu estado de ânimo. Agora, voltando à parte mais movimentada das minhas aventuras, para onde estamos indo?

– Está tudo bem – Estein respondeu. – Vou levar você para comer e se aquecer. Isso faz parte da minha história.

– Mostre o caminho então – disse Helgi. – Continuando a minha história. Fui andando com muita confiança até o portão, cantarolando, se não me falha a memória, aquela canção de Odin e Jotun a fim de provar que estava sóbrio. Lá topei com uma sentinela que, ao que parece, tinha provado da hospitalidade do rei Bue até pouco tempo antes. O certo é que o sujeito estava muito mais do que meio bêbado e num sono tão profundo que não acordou nem com a minha cantoria. Tive de cutucar o homem com o punho da minha espada para conseguir que despertasse.

– Então você conseguiu que ele acordasse! – Estein exclamou, entre surpreso e divertido.

– De que outro jeito poderia passar? O homem estava encostado com o peso todo no portão e era preciso que abrisse os olhos. Não gosto nada de matar no fio da espada um sujeito que esteja dormindo, mesmo que faça isso de pé! Ele me olhou de cima a baixo como uma vaca assustada e disse: "Você é um maldito nórdico". Eu respondi: "É o que parece", e imediatamente o atravessei com a espada e abri o portão.

Foi quando me ocorreu um plano ao mesmo tempo engraçado e engenhoso, pois minha cabeça estava estranhamente lúcida. Deitei o sujeito na parte com sombras da paliçada onde não poderia ser visto facilmente, mesmo por quem tivesse uma visão mais clara do que depois de ter sido convidado de um monarca tão hospitaleiro quanto o rei Bue. Tendo tirado o casaco do sujeito e posto nos meus ombros, ocupei o posto dele e esperei que você chegasse.

– Cantando o tempo todo? – Estein brincou.

– Baixinho, só para mim – Helgi descreveu –, pois o que combina bem com um conviva nem sempre é adequado a uma sentinela. Fiquei ali, batendo os pés no chão e os braços contra o peito para espantar o frio, até que comecei a achar que tinha acontecido algum problema.

– Então, enquanto eu escalava os muros num lado do pátio, você estava de guarda no outro! – Estein exclamou.

– Agora é o que parece, mas lhe dou minha palavra de que não tinha pensado nisso enquanto vigiava o portão na noite passada. Na verdade, o que eu tinha feito começou a me parecer tão evidentemente o melhor a fazer que achei que você seguramente teria imaginado que eu estava tomando aquela atitude... pelo menos, tanto quanto a cerveja deixaria, e vinha direto do salão sem vacilar, até o portão, onde me encontraria de prontidão. Agora vejo que seu plano tinha mérito próprio, embora continue pensando que o meu era melhor.

– Exceto que me deixou sozinho no ponto de encontro – argumentou Estein.

– E eu, tremendo de frio, no portão – Helgi retrucou com uma risada. – Bem, depois de um tempo que me pareceu longo o bastante, embora sem dúvida mais breve do que achei, a porta principal do grande salão se abriu e os homens saíram correndo com um estardalhaço totalmente desnecessário. Então, devo admitir, tive de abandonar meu posto o mais depressa que pude e me esconder numa casinhola do lado de fora de uma habitação próxima sem portão. Estava aberta, mas era tão escuro ali dentro que soube que não me veriam, apesar de eu poder ver o bando muito bem quando pararam no portão.

– Quem eram? – Estein perguntou.

– O maldito traidor Thorar e mais uns dez ou doze, sem dúvida os únicos sóbrios da festa. Logo descobriram a sentinela estirada no chão. Imediatamente, Thorar – que parecia fora de si de tão enfurecido – despachou todo mundo para interceptar nosso caminho ao encontro de Ketill enquanto ele corria para reunir mais homens no povoado. Foi quando pensei que seria bom ter companhia para a jornada, de modo que eu mesmo me juntei ao grupo dos que estavam à minha procura. Felizmente, o bando não seguiu pela clareira, preferindo tomar um caminho bem mais escuro, à sombra da mata. Devemos ter percorrido a floresta correndo durante quase uma hora.

Respirou fundo e continuou:

– Por fim, chegamos à casa isolada de um lenhador e ali, por um curto espaço, paramos para saber do bom homem se tinha visto passar algum estranho. Foi uma pergunta sensata e sua resposta aquela que seria razoável esperar de um sujeito inteiramente sóbrio. O lenhador estivera no povoado para a festa, e sua esposa, boa mulher, estava dormindo já fazia duas horas.

Estranhamente, não nos vira. Diante disso, nossos afobados companheiros retomaram a busca, mas foi ali que me despedi deles, já que tinha ficado cansado de correr atrás de mim, e, além disso, aquela mulher tinha uma voz tão agradável… além de um belo rosto, pelo que pude ver.

Estein soltou uma boa risada e observou:

– Depois disso, a minha história nem vai ter graça.

– Bem que eu disse. – Helgi sorriu. – Bom, fiquei para trás e logo estava de novo batendo à porta daquela boa mulher, tendo dito para mim mesmo que aqueles desgraçados certamente não voltariam ali uma segunda vez. Além disso, uma noite ao relento, no frio da mata, não me apetece. Assim, para resumir, abri caminho até o bondoso coração da esposa do lenhador. Sendo o nórdico que sou, ela me ofereceu abrigo e a cama, prometendo me despachar de manhã, antes que o marido voltasse.

– Como faria qualquer esposa – interrompeu Estein.

Helgi riu:

– O destino decidiu outra coisa – ele prosseguiu. – Eu ainda estava comendo a refeição da manhã com aquela boa esposa me atendendo com toda a cortesia, quando a porta se abriu e o marido dela entrou. Pela feia expressão na fisionomia do sujeito, vi que todos os encantos da esposa para ele não importavam nada naquela hora, mas aquele cão era um covarde e teve medo da presa em que ansiava cravar seus dentes traiçoeiros. Não fez nada comigo além de me equipar com uma grande pele de carneiro e um gorro, um arco firme e uma boa quantidade de flechas. Em seguida, depois de me despedir afetuosamente daquela boa esposa, fiz com que me mostrasse o caminho para me reunir a Ketill. Ele não gostou nada dessa incumbência, mas não ousou recusar e assim nos pusemos em marcha. Desconfiei logo, relembrado o trajeto que tinha feito na noite anterior, que ele estava me levando de volta ao grande salão do rei Bue e que planejava pôr no meu caminho um bando dos seus malditos companheiros. Não me importei muito com isso, pois já tinha os próprios planos para a conclusão daquela viagem. Depois de vencer uma parte do caminho, parei e disse a ele:

Vandrad, o Viking

– Meu amigo, detesto ter de perder a sua companhia, mas é aqui que nos despedimos. Não preciso mais incomodá-lo com meu destino, mas o seu o levará ainda mais adiante em qualquer direção. Depois disso, deixei o sujeito firmemente amarrado ao tronco de uma árvore, em condição de pensar bastante sobre suas más intenções. E daí em diante, Estein, tenho perambulado por esta mata como um homem perdido num nevoeiro, amaldiçoando toda esta terra e seus habitantes.

Ao que Estein respondeu com um sorriso:

– Mesmo assim, parece que são eles que têm mais motivos para se queixar do transtorno que você lhes causou...

– Preferia abandonar este lugar – o amigo retrucou. – Senti alegria quando avistei, na clareira, um homem vestido como um dos locais. Foi quando disse a mim mesmo: "Hoje à noite vai haver um a menos em Jemtland". Pus uma flecha no arco e... Olha, Estein, vou rir pelo resto da vida sempre que me lembrar disso! Mas me fale do que se passou com você.

Estein então relatou sucintamente a Helgi o que lhe acontecera, exceto pela menção à visão da moça no povoado. Tinha concluído que a semelhança devia ser fruto da sua imaginação. No entanto, assim que chegaram à casa de Atli, ele puxou o velho de lado para perguntar:

– Devo então partir quando a neve tiver derretido?

– Certamente – respondeu o adivinho. – Você adiaria o que os deuses e os mortos aconselham?

O CONVIDADO DA MEIA-NOITE

Jomar voltou no início da manhã e já o encontraram enrolado em sua pele de urso, profundamente adormecido diante do fogo.

– Ele deu meu recado a Ketill? – Estein indagou de Atli.

– Com certeza – o velho respondeu. – Ele nunca me desapontou, mesmo que não gostasse nada da tarefa a cumprir.

– E o que Ketill disse? Foram atacados? Que notícias Jomar trouxe?

– Vamos acordá-lo e perguntar – propôs Helgi. Colocando a própria ideia em prática, deu um pontapé forte o suficiente nas costas do sujeito para que ele acordasse no susto.

Sem se importar com a expressão furiosa de Jomar, Helgi não perdeu tempo em perguntar:

– O que disse o amigo Ketill? Ele mandou algum recado?

Jomar reagiu fechando ainda mais a cara e encarando o jovem fixamente por um bom minuto, como se quisesse ter certeza de quem era e então respondeu rispidamente:

– Disse que tinha perdido um cão chamado Helgi e que ficaria muito feliz se esse animal tivesse morrido de fome – então, sem dizer mais nada, rolou de lado e fechou os olhos novamente.

VANDRAD, O VIKING

– Cão! – Helgi exclamou. – Cão é você, que vai apanhar como merece!

Num instante Jomar teria sofrido as consequências de sua temeridade, se Atli não tivesse interferido e segurado o braço do nórdico enfurecido:

– Paz, Helgi Sigvaldson! Você vai atacar meu assistente na minha própria casa? Esse homem não adora os nórdicos e mesmo assim salvou a vida do seu irmão e, provavelmente, a de Ketill e de todos os outros também.

Estein interveio:

– Diga-nos, Atli, o que ele lhe falou quando voltou.

– Ele disse pouco até para mim – Atli respondeu –, exceto que tinha visto Ketill muito rapidamente e que tinha voltado para casa em seguida.

– Ele não soube nada dos vinte homens que foram conosco até o grande salão do rei Bue?

Foi o próprio Jomar quem respondeu, ainda que não tivesse se virado para Estein, nem olhasse para ele:

– Você esperava que eu também os salvasse de seu destino? Não soube nada sobre eles, e só espero ter notícias da alma de cada um. Já ajudei inimigos demais até agora.

Indignado, Helgi estava a ponto de retrucar quando Atli o calou com um gesto, sussurrando:

– Será que os atos dele não desculpam as palavras que diz?

Por mais que tivesse falado baixo, Jomar ouviu o que o velho tinha dito e resmungou num tom alto o suficiente para ser ouvido:

– Bem queria que minhas palavras fossem os meus atos.

Nada daquele velho misterioso tinha impressionado Estein mais do que sua extraordinária influência sobre aquele discípulo ou servo, pois o sujeito parecia ser as duas coisas. Também era notável que alguém que detestava os nórdicos a tal ponto pudesse ser levado a ajudar seus inimigos pela força de algumas palavras. Tudo isso parecia indicar um poder além do existente no comum dos homens. Helgi também ficou visivelmente impressionado, olhando de soslaio de um para outro, antes de se calar.

Ao raiar do dia na manhã seguinte, os irmãos iriam começar a busca por Ketill seguindo as instruções de Jomar, portanto não demoraram a se preparar para dormir. Subiram a escadinha para o mezanino e ouviram Atli abrir uma porta que dava para algum cômodo reservado. Depois de tanto ar frio, os dois se sentiam sonolentos e adormeceram em seguida.

Entretanto, a noite não seria livre de incidentes. Helgi não saberia dizer quanto tempo tinha dormido antes de acordar tremendo de frio e perceber que sua coberta tinha escorregado. Tornou a puxá-la para se cobrir e ficou ali, deitado, por algum tempo só ouvindo o vento assoviar. Soprando em rajadas soturnas por entre os pinheiros, ainda pensou antes de quase cair novamente no sono: "A geada finalmente passou e sou grato por isso".

Mas então, assustado, despertou novamente ao ouvir uma batida à porta da casa. A batida ecoou de novo e percebeu Jomar se levantar resmungando muito e atravessar a sala. Seguiu-se uma conversa, aparentemente com a porta fechada, e em seguida ela foi aberta com o vento soprando. Até aí, Helgi ainda estava naquele estado de sonolência em que tudo é confuso e as impressões sempre parecem monstruosas, mas subitamente sua lucidez lhe voltou com um sobressalto. Entre as várias vozes que pareciam falar com Jomar, seus ouvidos discerniram de imediato a de uma mulher. Nem a aproximação de um inimigo poderia tê-lo deixado mais alerta. Apurou o ouvido e, com uma sensação inegável de desapontamento, ouviu a porta se fechar, o barulho cessar e os passos cuidadosos de Jomar cruzarem a sala de volta. Dessa vez, porém, ele foi direto até a outra extremidade do aposento e outra porta se abriu. Helgi pensou que era a voz de Atli falando com seu mal-humorado assistente e então ouviu os dois chegarem até a porta da frente. Outra vez esta se abriu e, com o som de fundo do vento uivando, escutou uma segunda conversa. Sua curiosidade o dominava e ele conseguia ouvir claramente uma voz de mulher. Depois todos se calaram, a porta foi fechada e o grupo visitante pareceu ter partido. Logo começou uma conversa em tom abafado na sala.

Com um leve sobressalto, Helgi pensou: "A mulher veio aqui! Isso pede sua atenção!".

Sua cama consistia somente num colchão rústico, tão no fim do mezanino que a borda do piso ocultava de sua vista todo o andar de baixo. Com

VANDRAD, O VIKING

muito cuidado, começou a afastar a coberta e a rastejar silenciosamente até a beirada da estrutura para conseguir enxergar a lareira. Helgi se estendeu de comprido no chão e sorriu diante do que viu.

As achas tinham sido reviradas para reavivar o fogo, e Jomar, como antes, dormia a sono solto diante da lareira, mas entre Helgi e as chamas estavam o velho adivinho e uma mulher usando um manto com capuz. Seu rosto estava escondido, mas, na avaliação de Helgi, suas costas eram promissoras. Era alta, parecia jovem e seus movimentos quando estendeu as mãos na direção da lareira e depois se virou um pouco para cumprimentar Atli, eram graciosos e indicavam nobreza. Conversavam em tom de voz tão baixo que Helgi não conseguiu captar nada do que diziam. Até mesmo o timbre da voz da jovem só o alcançava em curtos trechos.

"Que voz agradável, hein, Helgi? Atli, esse prêmio deve ser compartilhado", pensou.

Ela parecia estar descrevendo um acontecimento para Atli que, de braços cruzados, prestava totalmente atenção à moça; às vezes, até mesmo suprimia suas emoções. Olhava para ela com toda concentração e vez ou outra a interrompia sussurrando uma pergunta.

Há poucos instantes, a voz da jovem se alteou um pouco quando disse alguma coisa com mais veemência. Com um pequeno gesto e uma expressão de advertência, Atli olhou rapidamente para o mezanino e indicou com o dedo justamente o lugar em que Helgi tinha se estendido no chão. No mesmo instante, este abaixou a cabeça e, com toda a rapidez de que teve coragem, rastejou de volta para a cama. Por um momento, ninguém mais disse alguma coisa, mas, aparentemente, não suspeitaram de nada, já que retomaram a conversa aos sussurros.

"Do jeito que convém ou não, eu ainda vou ver o rosto dessa moça", disse para si mesmo, deitado e pensando em algum plano para pôr em prática tal propósito.

Por fim, os sussurros pararam, e Atli atravessou o aposento na direção do seu cômodo privado. Ao ouvir a porta sendo fechada, Helgi pensou:

"Agora ou nunca, meu caro", e silenciosamente saiu do conforto oferecido pela pele de carneiro. Em passos cuidadosos para não alertar nem Estein nem o adivinho, aproximou-se da escadinha do sótão.

Quando chegou ao rés do chão e olhou para a recém-chegada, a expressão na face da moça ficou impressa em sua mente por um longo tempo depois desse momento. Uma sensação entre cômica e consternada tomava cada um de seus traços, denotando um conflito intenso. Depois de olhar para ela fixamente por um momento, Helgi explodiu num acesso silencioso de riso tão intenso que teve de se amparar num degrau da escadinha. Era uma risada tão contagiosa que, passado um brevíssimo e impalpável momento de conflito, a consternação se desfez e surgiu um sorriso discreto, seguido por outro mais alegre e logo ela também estava rindo com ele. Certamente para um homem que em geral tomava o maior cuidado com a aparência, ele devia parecer uma figura deveras cômica: descalço, com o cabelo em desalinho e aquela enorme pele de carneiro na qual se enrolara de qualquer jeito para encobrir a escassez de trajes.

Tentando ao máximo se controlar, Helgi disse afinal:

– Receio que meu traje não seja do seu agrado…

Ela começou a dizer que sim, mas sua seriedade lhe faltou em seguida mais uma vez. No entanto, emendou:

– É perfeitamente adequada – respondeu enfim, com mais sobriedade e uma dose de timidez.

– Na verdade, uma roupa para conquistar o coração de uma donzela, mas não é que não tenha o que vestir. Foi a pressa para vê-la – Helgi disse com ousadia.

Ela olhou para ele um tanto surpresa e com uma dose suficiente de dignidade para interromper os galanteios. Ele percebeu a mudança e acrescentou prontamente:

– Sendo totalmente honesto, eu de fato não sabia que você estava aqui e, por sentir frio, desci para me esquentar. Devo-lhe um pedido de desculpas.

– Não é preciso – ela disse. – Como você poderia saber que eu estava aqui? Acabei de chegar.

Ao que Helgi respondeu:

– E eu parto logo que raiar o dia, embora agora preferisse ficar mais tempo. Portanto, logo você se esquecerá do homem em pele de carneiro que a assustou.

– Mas não o manto – ela disse com falsa modéstia, enquanto seu solhos azuis recuperavam o brilho. A vaidade de Helgi tendo sido provocada, ele respondeu com leveza:

– Então eu me lembrarei de seu rosto, e você...

Nesse instante, uma porta se abriu e, virando-se de repente, ele viu Atli sair de trás de uma grande pele de urso que disfarçava a porta do seu cômodo particular. O rosto do velho se fechou numa expressão de surpresa e desagrado. Depois de alguma hesitação, como se não soubesse bem como agir, ele se aproximou da moça e disse:

– Seu quarto está pronto. – Voltando-se para Helgi, acrescentou: – Quero falar com você.

A moça imediatamente se afastou da lareira e o seguiu até o outro aposento. Quando ela se virou, Helgi lhe disse:

– Adeus, senhora.

– Adeus – ela respondeu francamente, com um sorriso, seguindo atrás de Atli.

"Tentativa arriscada e afortunada", Helgi pensou cordialmente. "Um belo rosto e os olhos mais brilhantes que já vi na vida. Quem será? Bem provável que seja uma dama que veio buscar as palavras místicas desse excêntrico e bebe as poções e profere os encantamentos que ele recomenda. Estou em dúvida se devo me tornar um sábio ou não, se essas visitas são tão comuns. Acho que seria capaz de lhe dar um conselho tão sábio quanto os de Atli. Mas é bem estranho que ela tenha vindo até aqui. Posso jurar que não é deste lugar."

As reflexões de Helgi foram sumariamente interrompidas pela volta de Atli.

Em voz muito baixa, o velho lhe disse:

– Helgi, você viu algo que devia ter ficado fora do seu conhecimento.

– Mas que valeu muito a pena ter visto – ele respondeu.

– Não fale com tanta leviandade – o velho retrucou severo e com um ar de mistério que sabia tornar tudo impressionante. – Você ignora o que há por trás do véu, nem tem ideia do que pesa numa palavra. Ordeno-lhe estritamente que não diga nada sobre isto a Estein. Certas coisas não devem chegar aos ouvidos dos reis.

Helgi então disse com mais sobriedade:

– Não direi nada a ninguém.

– Muito bem – Atli respondeu. – Vá dormir agora, pois a madrugada se aproxima e o caminho será longo.

Helgi mal tinha retornado ao mezanino e tirado seu manto quando Estein de repente se ergueu e apoiou nos cotovelos, olhando fixamente para ele. Por um momento, Helgi sentiu-se um criminoso flagrado em delito.

– Helgi, será que foi um sonho? – perguntou seu irmão – Onde... onde você foi?

– Fui me esquentar perto do fogo – Helgi respondeu imediatamente.

– Você conversou com alguém?

– Sim. Atli ouviu e veio ver se por acaso algum ladrão tinha invadido a casa para sequestrar os dois nórdicos que hospeda.

– Então foi só um sonho – Estein disse, passando a mão nos olhos. – Pensei ter ouvido a voz de uma moça. Mas, quando acordei mesmo, realmente já tinha desaparecido. Pareceu-me que era... mas foi no sonho – e ele se deitou de novo, fechando os olhos.

Helgi pensou: "Será que devo contar para ele? Não. Prometi a Atli. Além disso, essa é uma aventura só minha".

Quando enfim rompeu o dia, já estavam os dois sendo conduzidos por Jomar. Antes de partirem, Atli disse para Estein:

– Lembre-se do meu conselho.

– Quando a neve derreter – Estein confirmou. – Acho que não precisarei esperar muito tempo.

VANDRAD, O VIKING

A manhã começou cinzenta, ruidosa, bruta, sem vestígios de geada no ar, mas, ao contrário, com todos os sinais de degelo. Tendo acompanhado a partida dos dois vikings em suas cotas de malha, depois de porem o pé na estrada atrás de um guia apressado e de muito menor estatura, o velho fechou a porta da cabana e voltou para perto do fogo com expressão grave e fatigada.

Mal tinha entrado, quando a porta interna se abriu e a moça entrou apressada na sala.

– Quem era o outro homem? – ela indagou. – Eu o vi de costas, mas... – ela se interrompeu, demonstrando certa confusão, pois Atli a contemplava com uma expressão muito surpresa.

– Você o conhece? – o velho perguntou. – Onde o viu antes?

– Não – ela respondeu com indiferença forçada, como se estivesse envergonhada da própria curiosidade. – Só fiquei pensando quem ele poderia ser.

– É um comerciante da Noruega, a quem chamam Estein – Atli informou, ainda olhando para ela com curiosidade.

– Não reconheço esse nome – ela disse. Depois acrescentou com um leve tremor pelo corpo: – Como faz frio por aqui – e então saiu dali rapidamente.

O velho permaneceu absorto em seus pensamentos. "Estranho, muito estranho", ele disse, passando a mão na testa. "Será que ela já o viu? Ou seria possível que..."

De repente, seus olhos brilharam e ele começou a andar de um lado para outro.

O ÚLTIMO COMANDANTE

Em silêncio e apressados, os três homens seguiam seu caminho. O tempo do degelo tinha começado nublado e frio. Sob os pés dos viajantes, a neve se mostrava macia e mole. Atravessando a floresta, ouviam por toda parte o gotejamento de milhares de árvores e o estalar e oscilar de galhos e ramos tangidos pelo vento.

Com o avanço da manhã e andando agora em bom ritmo, os dois nórdicos falavam pouco um com o outro; ao contrário de sua disposição recente, foi Estein quem mais puxou conversa e parecia estar de melhor humor. Helgi, calado e pensativo, enfim prestou atenção quando o amigo perguntou:

— No que está pensando tanto, Helgi? Na próxima festa, na última mulher, no homem que deixou amarrado na árvore? Vão achar que trocamos de natureza se a conversa seguir assim como a desta manhã.

Helgi respondeu:

— Tive um sonho esquisito na noite passada.

— Conte-me o que foi, eu saberei se é um caso de garrafão ou de um cílio, os temas mais prováveis.

VANDRAD, O VIKING

– Não! – Helgi exclamou, voltando rápido de seu devaneio. – Agora que meu antigo Estein está de volta aqui, não vou transformá-lo em decifrador de sonhos e presságios. Fico feliz de vê-lo de tão bom humor. Você teve algum sonho agradável?

Estein disse:

– A ação me espera adiante, novamente em mar aberto e rumo às terras do Sul. Eis a melhor receita de remédio.

Depois de um tempo, Estein se pôs ao lado do guia e disse:

– Isto seguramente vai levar mais tempo do que você disse Jomar. Tivemos de seguir por um longo trecho de campo aberto depois de deixarmos a cidade e ainda nem alcançamos o começo dela.

Jomar soltou uma risada breve e depreciativa antes de dar uma resposta seca:

– Você então acha que Thorar te trouxe pelo caminho mais curto? Aqueles prisioneiros que vocês soltaram chegaram ao grande salão do rei Bue muitas horas antes de vocês. Vocês, nórdicos, não são prudentes.

Por um instante, Estein deu a impressão de que iria dar uma resposta atravessada, mas, mordendo o lábio, recuou para sua antiga posição na fila e não dirigiu mais a palavra para aquele homem.

Era perto do meio-dia quando, aproximando-se de uma encosta na floresta, Helgi exclamou:

– Ouçam! O que é esse alarido?

Jomar também tinha ouvido os gritos, pois parou por um instante e prestou atenção. Logo retomou a marcha, andando ainda mais depressa do que antes. A cada passo que davam, os sons ficavam mais intensos, mais altos os gritos dos homens e até parecia que ouviam os sons metálicos do choque de armas.

– O ataque aconteceu – Helgi bradou. – Vamos rezar aos deuses para que não soltem os cães antes de chegarmos lá.

Jomar ouviu o que ele disse e olhou para trás com uma expressão selvagem.

– Às vezes, os cachorros mordem e rasgam a carne – ele disse.

– Por que esperaram tanto tempo? – Estein disse, meio que para si mesmo. – Os idiotas tinham de caçar Ketill naquela noite mesmo. Ainda bem que são uns tontos.

Agora, o trio começava a correr, e a gritaria era tão intensa que sabiam que já estavam perto da cidade.

– Alguém está vindo! – Helgi exclamou. Assim que acabou de falar, um homem passou correndo por eles na direção oposta. Olhando espantado para aqueles três, logo desapareceu entre as árvores que tinham ficado para trás. Um minuto depois, outros dois vieram correndo pela lateral, enquanto um quarto parou e se virou quando chegou perto do trio. Eram todos de Jemtland. Quando Jomar os viu, xingou alto enquanto os nórdicos apressavam o passo tomados pela excitação.

Trinta metros mais adiante chegaram ao limite da floresta e pararam num local não distante de onde a expedição tinha chegado inicialmente à cidade. O grande lago e a área aberta estavam abaixo de onde se encontravam, brancos e imóveis, mas sem brilhos nem reflexos e cobertos agora por um céu cinzento, prenunciando chuva. O trio, no entanto, não tomou ciência do céu ou dos campos de neve, pois só tinham olhos para um espetáculo ainda mais dramático.

Uma densa camada de fumaça se estendia sobre os telhados do povoado. De cada casa condenada subiam labaredas dançarinas. O lugar estava em total alvoroço com os sinais e os terrores da guerra que agora testemunhavam, negror contra a neve, homens fugindo às pressas pela clareira, alguns dirigindo-se para a mata, outros deslizando e patinando pelo lago congelado, acossados pelos gritos dos perseguidores que chegavam numa balbúrdia de ensurdecer. Aqui e ali espalhavam-se os cadáveres e seu número aumentava nas imediações do povoado. A batalha estava terminando. Pequenos bandos de nórdicos ainda empurravam adiante os vencidos de Jemtland, abatendo-os a golpes de espada quando pensavam fugir. Já o grosso das forças vencedoras parecia se dedicar a incendiar e saquear o povoado. Suspirando, Helgi disse:

VANDRAD, O VIKING

– Tarde demais, afinal de contas! Toda essa ralé covarde nem foi capaz de lutar até que viéssemos ajudar no combate.

Como um animal enfurecido, Jomar se virou para ele e exclamou:

– Ajuda de um nórdico!

Dizendo essas palavras, sacou a adaga e saltou para frente, acrescentando:

– Nunca mais...

Ouvindo o que dizia seu atarracado guia, Estein – até então entre os dois – só teve tempo de dar um passo para frente e derrubá-lo de cara no chão para que soltasse a adaga que saiu voando. Depois de olhar atônito, por um momento, para o guia esborrachado na terra, aquele que pretendia vitimar soltou uma tremenda risada. Pegando a adaga do chão, entregou-a ao bravo de Jemtland dizendo:

– Esqueci-me, amigo Jomar, de quanto chegou perto de mim. Você me devia algo, sim, mas tente não pagar assim da próxima vez, pelo seu próprio bem.

De mau humor, o homem pegou a adaga e respondeu:

– Espero nunca mais ver nenhum dos dois. Vão para a cidade agora, se forem capazes de chegar lá sem se perder de novo. E que minha maldição os acompanhe.

Sem esperar resposta ou recompensa, deixou-os abruptamente e desapareceu na mata.

– Esse é um homem que gostaria de nunca mais ver – disse Helgi, quando retomaram o caminho para o povoado. – Só pode ser por magia negra que Atli conseguiu que ele nos ajudasse.

– Realmente é muito estranho – Estein comentou pensativo. – Já notei que uma mente poderosa tem uma forte influência sobre homens de menos raciocínio, mas é muito provável que haja algo mais.

Quando se aproximaram o suficiente para serem reconhecidos, um grito geral de alegria foi a estridente saudação com que seus homens os receberam. Um após o outro, os vencedores vieram cumprimentá-los. Foi na companhia de um grupo numeroso que entraram no povoado em chamas. Na rua do mercado, em torno da qual ficavam quase todas as casas, toparam com Ketill, cuja armadura estava toda amassada e manchada de sangue. Seus solhos faiscavam de excitação. Finalmente tinha matado a vontade de incendiar alguma coisa e estava adorando aquilo tudo ao máximo. Um grupo de cativos tinha sido impiedosamente decapitado. As cabeças e os troncos medonhos tingiam a neve de vermelho. Ao lado do macabro cenário, mais cinco ou seis com as pernas amarradas por cordas esperavam a vez.

Por mais que estivesse habituado a espetáculos de sangue e carnificina, Estein se comoveu diante dessa cena de um verdadeiro matadouro. Em resposta ao grito de espanto e boas-vindas de Ketill, disse-lhe:

– Bem feliz estou de ver sua vitória, Ketill. Você deve ter lutado com bravura, mas quando foi que se tornou nosso costume matar prisioneiros?

– Sim – emendou Helgi –, bem podíamos ter pulado essa parte.

– Vocês não sabem que o povo de Jemtland matou os vinte que os seguiram até o rei Bue? – respondeu o capitão de barba negra. – Liquidaram com eles como se fossem cabeças de gado, Estein. Agora então devemos poupar esses assassinos? Também não sabia se você e Helgi tinham ou não sido capturados e, se algo de ruim tivesse acontecido a vocês, pareceu melhor aproveitar a chance desta vingança.

– Então, como não preciso ser vingado, pare com as mortes – Estein disse. – Embora, de fato esses cães traidores mereçam pouca misericórdia.

Ketill respondeu:

– Como desejar. Mas há aqui um homem que seria melhor não estar mais neste mundo.

Enquanto falava, andou até um dos prisioneiros. Deitado de lado, tinha o rosto enfiado na neve como se estivesse gravemente ferido. Sem a menor delicadeza, Ketill virou-o de barriga para cima com o pé.

– Não me deixarão morrer? – disse o homem, erguendo um olhar frio e orgulhoso para os captores, embora fosse evidente que estava à beira da morte. – Não vai demorar agora.

VANDRAD, O VIKING

– Thorar! – Estein exclamou.

– Você acertou, Estein – respondeu o comandante ferido. – Tive esperança de assistir à sua morte e agora você pode assistir à minha.

Com voz severa, Estein lhe disse:

– Inimigo traiçoeiro e amigo infiel! Você bem merece esta morte.

– Infiel a quem? – retrucou Thorar. – Devo lealdade apenas ao meu rei e mestre Bue. Planejei por muito tempo como nos livrar de sua raça orgulhosa e cruel e pensei que havia chegado a hora. Desavisado e todo confiante, você caiu na minha armadilha como um cego. Foi obra dos deuses, não por sua causa, que meu plano deu errado.

– Desavisado e confiante? – Estein disse. – Melhor dizer que acreditei numa promessa que só um covarde quebraria.

– Os fortes e os tolos lutam com as armas que podem manejar – retrucou Thorar. – Os fracos e os espertos usam armas adequadas a quem pensa.

– Então, parece que as mãos são melhores do que a cabeça – concluiu Helgi.

– Que isto pelo menos fique claro – Ketill interrompeu. – Seus filhos morreram antes de você. Acabei com eles logo no começo da luta.

O moribundo soltou uma risada macabra.

– Meus filhos! – exclamou. – Você acha que eu iria confiar meus filhos aos nórdicos? Aqueles garotos eram escravos que morreram por seu país, assim como eu morro. – Sua cabeça caiu novamente na neve.

– Maldito! Morra, sim! – Ketill gritou enquanto levantava a espada. Antes que o braço do capitão pudesse descer, Estein o deteve e disse:

– Não pode matar quem está morto, Ketill.

– Ele me impediu é isso? – Ketill disse ao se inclinar sobre seu inimigo, agora fora de combate.

Era exatamente isso. O comandante tinha prestado seu derradeiro serviço. Abatido e impotente, estendia-se aos pés dos inimigos que haviam triunfado.

Helgi observou:

139

– Pelo menos, morreu bem. Quando for a minha vez, espero ter a sorte de demonstrar tanto orgulho diante dos meus rivais. Mas, Ketill, diga-nos o que aconteceu com você depois que nos separamos.

O rabugento capitão franziu a testa e coçou a cabeça como se estivesse pensando como fazer algo tão estranho à sua natureza quanto narrar algum acontecimento.

– Certo dia, você nos deixou – Ketill começou.

– Bem lembrado, realmente – Helgi interrompeu, rindo. – Excelente começo; não há bardo que fizesse melhor.

– Não – Ketill retrucou com uma carranca e tanto. – Se quiser uma história para fazer graça, você mesmo que conte. A minha não foi coisa para moleques.

– Não precisa ficar ofendido – Helgi continuou ainda rindo. – Conte suas aventuras e que o próprio Thor sinta inveja dessas histórias. Vou cuidar para que você tenha do que rir mais tarde quando eu falar o que aconteceu comigo.

– Aposto que o que aprontou vai me fazer rir e não sentir a menor inveja – Ketill respondeu. – Mas, como ia dizendo, você nos deixou e então ficamos aqui sem você.

– Não, Ketill – retrucou Helgi muito sério. – Nessa história não se pode acreditar, não culpe a minha juventude.

– O que você quer dizer? – gritou o capitão da barba negra enfurecido e com a mão já buscando a espada embainhada.

– Basta, Helgi – Estein exigiu, vendo que sua interferência apaziguadora era necessária. – E você, Ketill, não dê importância às provocações dele. É um bobo além de muito jovem.

– E magro e elegante – acrescentou o indomável Helgi, embora não em voz alta o suficiente para Ketill conseguir ouvir. Bufando, o atarracado viking então retomou a narrativa.

– Portanto, ficamos sozinhos neste povoado. Muito frio, pouco para se fazer, acabamos nos encharcando com a cerveja de Thorar. Daí chegou um homem que vinha da floresta e entrou desembestado no grande salão. Veio me contar que tinha perturbado dois cães desses de Jemtland que estavam espionando a cidade. Ocorreu-me que eu devia tomar cuidado, pus homens de guarda e naquela noite não fiquei muito bêbado. No outro dia de manhã, veio alguém me contar que um homem tinha mandado um recado para mim, mas ele não disse quem o havia mandado.

– Esse foi nosso amigo Jomar – Helgi explicou.

– Não sei seu nome, mas mandou dizer que a traição já tinha sido combinada. Parei de beber nesse instante e não restava mais nada além de jogar dados e dormir. Um pouco mais tarde, Thorar chegou ao povoado e me convenceu a levar você até o rei. Quando lhe pedi uma prova, ele me mostrou um anel que disse que era seu. Minha cabeça não presta atenção nessas bagatelas, mas um homem de olhos de águia, antes que o machado de alguém de Jemtland lhe rache a cabeça naquela manhã, saberia que não era seu de jeito nenhum.

– E você não pegou Thorar na mesma hora? – Estein disse.

– Eu queria pegar o sujeito de qualquer modo, mas estávamos fora do povoado, e ele tinha um grupo muito grande à sua volta. Por isso escapou depois de um rápido combate, mas teve de deixar três dos seus estendidos na neve. E que os lobisomens me agarrem se esta falação não me secar a goela! Ei, você aí, me traga um caneco com cerveja!

Depois de ter matado a sede com um longo gole e limpado com grande satisfação os respingos que tinham caído na barba em torno da boca, Ketill continuou a história:

– Então, à noite, como podem imaginar, tivemos guardas sóbrios e atentos e todos dormimos com o peitoral vestido. O que foi bom, já que parece que eu não tinha dormido nem uma horinha quando um grito de alerta nos mostrou que os inimigos já estavam vindo. Mas, quando viram que estávamos preparados para receber a cambada, aqueles vermes fugiram para a floresta para reunir forças. Só quando o dia já ia alto foi que saíram dos esconderijos e vieram para lutar. Logo acabei com a raça dos reféns, pus fogo nas casas e parti para cima deles sem perda de tempo. Enquanto durou, foi um incêndio maior e um combate mais furioso do que eu gostaria de tornar a ver. Eram sete contra um, pelo menos, mas em nenhum momento cedemos um palmo de terreno que fosse. Também não desperdiçamos nenhum golpe das nossas armas. – E Ketill concluiu com uma risadinha: – Acho que vão se lembrar de como nos deram as boas-vindas.

O REI ESTEIN

Foi na brisa de uma linda manhã de abril que as montanhas de Sogn se desenharam mais uma vez no horizonte. Um forte golpe de vento vindo de sudeste tinha impelido os dois barcos para alto-mar e agora, indo rápido rumo à terra firme, favorecidos pela brisa, avistaram a sequência de picos cintilantes que rasgavam a névoa que se havia adensado antes. Era o turno de Helgi ao leme, enquanto Estein e os outros, reclinados na amurada, estavam às voltas cada qual com os próprios assuntos.

O jovem príncipe repetia em pensamentos:

"O barco precisa atravessar o mar de novo. Chegou o momento de agir. Vamos ver qual será a nova brincadeira maluca que o destino guardou para mim. Mesmo assim, ainda que tenha me deixado em maus lençóis, sempre me deu a chance de me safar antes que me danasse de vez. No fundo é isto: o propósito dos deuses é muito profundo para eu entender, então preciso manter a calma e acompanhar o desenrolar dos acontecimentos."

Meio sorridente, com sua fisionomia sincera, Helgi, que o observava há algum tempo, finalmente disse:

– Que conselho você está ouvindo dos mochos? Às vezes vejo um sorriso, às vezes ouço um suspiro. Daí surge um tipo de olhar que lembra Liot Skulison bem à sua frente.

Estein explicou:

– Estava montando a tripulação para vinte barcos grandes e indo para os mares ocidentais mais uma vez.

Helgi perguntou:

– E para onde se dirigia?

– Primeiro para Oeste – Estein respondeu.

– Talvez com uma parada em algum lugar no Sul? Será que esse rumo nos levaria para as ilhas Hjaltland ou, quem sabe, para as Orkneys?

– Com a ajuda de algum vento rebelde – Estein disse com um sorriso.

– Onde, sem dúvida, cairia bem acabar com a raça de outro ladrão dos mares – Helgi continuou –, uma vez que causam muitos problemas para os comerciantes pacíficos da Noruega. Dizem que também moram nesses lugares bruxas e feiticeiros, e seria bem bom livrar a terra desses tipos.

Ao ouvir estas últimas palavras, Estein primeiro franziu a testa e depois enrubesceu. Quando olhou para seu irmão adotivo, todo sorridente, tentando conter uma gargalhada, acabou ele mesmo rindo em tom de desafio e disse:

– Até pode ser, Helgi. Tudo que me acontece já está decidido. Não faz diferença para onde viro a proa do meu barco ou o que planejo. Vou para as Orkneys!

– Continuou pensando naquela moça então?

– Pensei, sim, e continuo pensando. Enquanto estiver vivo, não vejo como interromper o curso desses pensamentos.

– Meu irmão, lembre-se do que se ergue entre vocês – Helgi acrescentou em tom mais sério.

– Não me esqueci.

– E mesmo assim você vai para lá?

– Os deuses me convocam para cruzar o mar – Estein disse. – Eles vão guiar meu barco para onde quer que eu resolva ir.

– Então, vá – Helgi concluiu. – E, enquanto o astuto conselheiro que chamam de Helgi Sigvaldson for com você, pelo menos não sentirá falta de sábios conselhos.

Estein riu.

– Helgi, *hinn frode*! Helgi, o Sábio: é assim que será chamado daqui em diante. E não serei mais Vandrad.

Ficaram em silêncio por alguns minutos e depois Estein exclamou:

– Deixamos bastante para trás aquela terra, Jemtland! Alguma vez já tinha visto tantas árvores e tão poucos homens de verdade?

– Mas não era assim tão carente de coisas boas – o amigo respondeu.

– Você quer dizer a mulher do lenhador?

– E o que mais? – Helgi disse e se calou de novo.

Ao cair da noite, alcançaram Hernersfiord. Enquanto subiam o morro, a escuridão que cobria as águas do estreito se espalhava com bastante rapidez. Uma a uma em seguida às dezenas, centenas e milhares, as estrelas surgiram e brilharam como um manto vistoso em meio às árvores que recobriam a encosta. Mais adiante viram luzes e um trecho mais plano de terra se avolumando. Agora, ouviam-se gritos de alegria que iam e vinham dos tripulantes de barcos e de quem já estava em terra. Logo estavam caminhando alegremente pelo píer de pedra onde um ou dois vikings já estavam à espera deles.

– Quais as novas? – Helgi indagou.

Quando os homens não responderam e cochicharam entre si, Helgi repetiu a pergunta. Nesse momento, um homem veio correndo até a ponta do píer e gritou:

– É verdade que Estein voltou?

– Pai! – Helgi exclamou.

– O que pode trazer o conde até aqui a esta hora? – Estein disse quando pisou em terra.

Aproximou-se do conde Sigvald no píer e, à luz de um lampião, percebeu que o rosto do idoso senhor mostrava-se triste e grave.

– Prepare seu coração para receber más novidades rei Estein – ele disse.

O termo "rei" chegou aos ouvidos do jovem príncipe como um mau presságio e, antes mesmo de o conde tê-las dito, já sabia o que esperar.

– Há três dias o rei Hakon foi ao encontro de seus antepassados. Seu retorno, Estein, é muito bem-vindo, pois, segundo a lei, o morto não deve permanecer na casa por mais de cinco dias e não parecia correto realizar o funeral do rei na ausência de seu filho.

Imóvel como alguém atingido por um golpe violento, Estein ainda resmungou entredentes: "Vejo vocês daqui a pouco", e saiu andando rapidamente do píer. Em poucos minutos, já havia desaparecido no escuro da noite.

– Hakon pai queria muito bem a Estein, e este queria muito bem ao velho rei. Sua dor será profunda e imensa, infelizmente – disse o conde.

– Gostaria muito de poder consolá-lo – respondeu Helgi. – Mas conheço bem os estados de ânimo de Estein e agora é melhor que fique só por algum tempo.

Foram a passos lentos na direção de Hakonstad com o velho conde apoiado no braço do filho. Enquanto andavam, Helgi lhe contou as peripécias da viagem a Jemtland. De tão interessado, o ancião até se esqueceu das tristezas do momento e xingava com ímpeto ou ria às gargalhadas conforme o relato prosseguia.

"Que fiquem nas trevas para todo o sempre, covardes e traidores", gritava, ou "Que esquema mais engenhoso, pelo martelo de Thor! Se eu fosse cinquenta anos mais novo, teria feito o mesmo, Helgi!", ou ainda "Que os trolls acabem comigo se isso não for o bastante para fazer um urso cair na risada! Que mais, Helgi?".

Quando o filho enfim concluiu o relato da visita ao velho adivinho, o conde pai pareceu se perder em seus pensamentos. Então, começou a dizer:

– Atli! Atli! Você o chamou de Atli? Não consigo me lembrar desse nome. Um antigo amigo de Olaf Hakonson, será? Não conheci esse amigo.

VANDRAD, O VIKING

Ainda assim, parece que ele falou como alguém que realmente conversa com os deuses. Se é para pôr as palavras dele em ação, como remédio para Estein, pouco importa o nome que tenha. Mas que é estranho, é.

Ao chegarem a Hakonstad, Helgi comprovou que muitos chefes já haviam vindo para assistir ao funeral e, mais especialmente, para participar da festa com que essas solenidades sempre eram encerradas. Só depois de todos terem se recolhido para descansar foi que Estein retornou e então foi direto para seus aposentos, sem trocar mais do que monossílabos com os escassos presentes que ainda conversavam em voz baixa diante do fogo, canecos de cerveja na mão.

O dia seguinte foi ocupado com os preparativos para a cerimônia solene da pira e da construção do monte e para a grande festa que deveria assinalar o reinado de um novo monarca em Sogn. O jovem, agora rei, enfrentou tudo com bravura, acompanhando os procedimentos e falando quase nada. Aflito, Helgi o observava continuamente, pois sentia muito receio de que, tomado pela nova dor dessa perda, o amigo perdesse a razão. À noite, viu quando ele escapuliu do grande salão, desacompanhado. Imediatamente foi atrás de Estein e chegou ao lado dele. No silêncio da noite, os passos do novo rei eram vagarosos enquanto cruzava o vale.

– Se importa se lhe fizer companhia? – Helgi perguntou.

– Melhor do que eu ficar ruminando os meus pensamentos – Estein respondeu, tomando o braço do amigo.

– Voltaram as ideias sombrias?

– Não importa o que eu faça, elas voltam – Estein respondeu. – Meu pai morreu sem que Olaf tenha sido vingado e agora é tarde demais para cumprir minha palavra solene – a promessa que fiz a ele – de que eu nunca pararia de procurar o inimigo. O rei Hakon já está em Valhalla, e eu sei que ele tem um filho covarde que quebra promessas. Enquanto ele viveu, eu sempre me disse que acharia algum jeito de cumprir minha palavra, mas agora é tarde demais. É difícil, Helgi, perder ao mesmo tempo o pai e o respeito do seu pai.

JOSEPH STORER CLOUSTON

– O rei Hakon está com Odin – respondeu o amigo. – Ele sabe o que está determinado. Odin não lhe disse que fosse cruzar os mares para nada, e sem dúvida o rei Hakon aguarda o desfecho, mesmo agora. Ninguém realiza grandes feitos com tanto desânimo. Por isso, primeiro abandone essas ideias e depois volte ao caminho dos vikings.

– Helgi, *hinn frode* – Estein disse, apertando-lhe o braço –, voce é mesmo um bom conselheiro. Assim que eu conseguir reunir os homens, começamos.

– Agora, uma cerveja e, depois, cama – Helgi finalizou, bem-humorado como sempre.

Desde que os primeiros selvagens nórdicos, atravessando os mares rumo ao Ocidente, tinham se estabelecido nas terras de Sogn, seus reis tinham sido sepultados numa ilhota árida na embocadura de Hernersfiord. Na manhã do quinto dia após a morte do rei Hakon, seu corpo foi transportado para esse lugar nos mares do Norte, onde aproveitaria seu último descanso à beira d'água. Vestido com todas as peças de seus trajes de guerra, além do manto de rei, o corpo de Hakon foi colocado na popa do barco comprido em que havia zarpado para um combate pela última vez. Um grupo seleto de chefes e súditos da nobreza remava lentamente a embarcação ao longo do fiorde, seguidos por uma grande frota.

Envergando toda a sua indumentária de guerra, como se estivesse navegando ao encontro de inimigos, Estein estava sozinho na popa, imóvel e ereto como uma imagem esculpida na mais resistente madeira. Somente a mão que conduzia o leme exibia algum movimento. Quando chegaram ao azinheiro de frente para o mar, toparam com a base de um monte já preparada e grandes volumes de terra por perto, prontos a serem usados para completar a estrutura. Todos os chefes e comandantes desceram em terra com um número suficiente de guerreiros para ajudá-los nesse trabalho, enquanto outros permaneciam a bordo, acompanhando em silêncio todos os procedimentos.

Primeiro, a embarcação com o falecido rei foi trazida e depositada na base do monte. Então, por sua vez, cada um dos chefes que havia remado

VANDRAD, O VIKING

pendurou seu escudo na amurada. A vela, exuberante no colorido dos panos que a compunham, foi içada. O estandarte do rei foi levantado e instalado na proa. Em seguida, Estein acendeu uma tocha e a aproximou de um molho de gravetos embaixo da pira. Conforme as chamas cresciam e emitiam uma fumaça que ia para o mar, os chefes começaram a lançar presentes para dentro do barco fúnebre – anéis e pulseiras de ouro e prata, espadas afiadas e machados com incrustações – para que o rei, em seu lar no além entre os deuses nórdicos, pudesse lembrar afetuosamente de seus amigos vivos. Um após o outro, desejaram boa viagem à alma de Hakon. As palavras de Estein foram poucas e repletas de emoção. Os que as ouviram ficaram pensando qual seria seu significado:

– Adeus, meu pai! Ainda cumprirei a promessa que lhe fiz.

Em voz mais alta do que todos os demais, o conde Sigvald exclamou:

– Que Odin seja tão bom amigo para você quanto você foi um bom rei para mim! Guarde um lugar para mim ao seu lado, Hakon. Minha vida inteira passei ao seu lado, fizesse frio ou fizesse sol, nas festas e nos campos de batalha, e espero logo segui-lo de volta ao lar!

Por fim, as chamas morreram e restaram somente os resquícios negros do barco e as cinzas de seu capitão real. As cinzas foram recolhidas com reverência e colocadas num recipiente de cobre cuja tampa tinha sido forjada com o emblema de doze escudos em relevo. Os presentes foram reunidos e dispostos em volta da urna, e então os guerreiros concluíram a construção do monte sobre os restos mortais de Hakon, rei de Sogn.

Em ritmo mais acelerado e com os homens conversando à vontade, a frota regressou a Hakonstad.

– Um funeral nobre, Ketill – comentou um chefe com o viking da barba negra.

– Sim – este respondeu. – Enterro digno do rei Hakon e uma festa real teremos em seguida.

– Os homens estão dizendo que ele pretende partir numa expedição viking que não vai demorar a acontecer – disse alguém.

JOSEPH STORER CLOUSTON

– Falam a verdade – Ketill respondeu. – Ele vai entregar muitos homens aos lobos e não vejo a hora de navegar com ele. Nunca houve um capitão mais corajoso do que Estein.

Nos dois dias seguintes, as conversas só giravam em torno da viagem rumo ao Sul. Os convidados chegavam sem parar à comemoração de Estein como herdeiro do trono e muitos deles – guerreiros sedentos de aventuras e expedições por mar – declararam em Sogn sua intenção de partir para a luta. Os festejos duraram três dias. Depois, assim que se mostrassem pronto para içar velas, o anfitrião retomaria o costume viking.

Era chegada a primeira noite das comemorações. O grande salão estava profusamente iluminado e festivamente decorado com tapeçarias e tecidos pendurados nas paredes, todos luxuosos e multicoloridos. Os homens, todos paramentados como guerreiros, ocupavam cada qual seu lugar nas longas fileiras de bancos. O jovem rei estava sentado na cadeira mais alta, antes assento de seu pai. Os convidados da mais alta estirpe e os mais célebres acomodavam-se perto de Estein. Os de posição mais humilde ficavam em lugares mais distantes.

Primeiro, beberam a Hakon, o rei falecido, aos seus vários parentes já em Valhalla e a cada um dos deuses por vez. Depois, conforme as canecas iam esvaziando, varando a madrugada, um brinde após o outro era levantado de ambos os lados do fogo central, aos gritos de "Saúde!".

Como era de seu costume, Estein bebeu pouco e muitas vezes percebeu que pensava sobre os acontecimentos mais incongruentes: noites estreladas numa ilha remota, idas e vindas em mares distantes, a visão fugaz de uma moça nas matas de Jemtland. Helgi, em cujos olhos azuis brilhava uma luz que a água nunca apagava, brincava com ele por estar tão absorto nos próprios pensamentos.

– Beba mais, Estein – ele provocava. – Ria, meu rei! Veja, lá está Ketill, o casado. Acho que ele parece com sede. Ketill! Um brinde a sua esposa.

– Que os trolls carreguem a minha esposa! – trovejou Ketill que, como lembramos, tinha se casado com uma viúva rica. – Este brinde é só para os solteiros!

150

VANDRAD, O VIKING

Quando cessou o alarido das gargalhadas que se seguiram a este comentário, Helgi se dirigiu novamente a Estein, exclamando:

– Então, este é um brinde para nós, rei Estein. Bebo à sua noiva!

– Quem é, Helgi? – perguntou jovialmente o velho conde. – Diga o nome dela. Gostaria de ver outro rei casado antes de morrer. Vi sua mãe se casar, Estein, e era uma linda donzela. As moças de hoje devem ser menos belas ou um rei tão galante não ficaria solteiro muito tempo.

– Eu poderia dar o nome de alguém – Helgi respondeu, olhando de soslaio para Estein, mas a expressão que identificou era de advertência.

– Tenho coisas bem mais sérias em que pensar, conde – Estein declarou. – Em cinco dias, espero estar no mar.

Enquanto falava, um de seus súditos chegou perto e parou no primeiro degrau.

– Ora, se não é Kari! – Helgi exclamou. – Sóbrio! Muito raro.

– Tenho um recado para o rei – o homem explicou.

O FIM DA HISTÓRIA

– Um presente! Um presente! – Helgi gritou. – Kari quer um presente. Uma esposa, uma lavoura, um par de calças de couro de porco. O que você quer, Kari? Antes de ganhar alguma coisa, você tem de cantar uma canção. Anda logo, homem!

– Não busco um presente – Kari respondeu. – Uma moça está lá fora, quer falar com o rei Estein, e não quer entrar aqui.

Helgi riu:

– Aha!! É assim que é?

– O que ela quer? – Estein perguntou.

– Não sei. Ela não me disse.

O velho conde Sigvald disse:

– Que ela entre. Você acha que um rei deve sair de onde está para atender ao desejo de alguma mulher?

– Foi justamente isso que eu lhe disse, mas ela respondeu que veria o rei lá fora ou bem iria embora.

– Diga-lhe que entre ou vá embora! – exigiu o conde.

– Não! Em vez disso, pergunte o que a traz aqui – Estein decidiu.

VANDRAD, O VIKING

Ao que Helgi acrescentou quando o sujeito se virou para sair:

– E diga a ela que quem está aqui é o irmão adotivo do rei, uma pessoa muito apropriada para, a qualquer momento, ouvir a história de uma donzela, ainda mais que agora a cerveja o deixou de bom humor.

O homem atravessou de volta o grande salão e o conde Sigvald falou com rispidez:

– Sem dúvida, problemas de um coração apaixonado de que ela veio se queixar.

– Ou talvez seja a noiva que veio pedir a mão do rei Estein – sugeriu Helgi.

Um minuto depois Kari retornou.

– Ela não quer me dizer do que se trata – ele disse. – Mas insiste que precisa ver o rei.

O conde gritou:

– Mande que vá embora! O rei está comemorando com seus convidados.

Helgi perguntou:

– Os olhos dela por acaso brilharam e seus problemas pareceram desaparecer quando ela ficou sabendo que o irmão adotivo do rei estava aqui?

– Eu mesmo irei saber do que se trata – Estein disse levantando-se.

– Vai vê-la então? – perguntou o conde.

– Por que não? – Estein retrucou. – Talvez traga notícias importantes.

– Se sair de seu assento para ouvir as notícias de cada desconhecida que aparecer, vai ter muitas candidatas a noiva – observou o conde.

– Eis a sina de um rei – reagiu Estein com um sorriso.

Prontamente o sorriso desapareceu de seu rosto quando atravessou o salão. Os homens notaram que ele parecia grave e preocupado de novo. Não que seus pensamentos estivessem tomando um rumo incomum. Ao chegar ao vestíbulo escuro, sentia somente um pouco de curiosidade. Na porta, deteve-se por um instante e olhou para fora com suficiente desinteresse.

Fazia uma bela noite estrelada. Bem adiante, lá embaixo, conseguia enxergar as cintilações da água do mar. Do outro lado do fiorde, desenhava-se o perfil escuro das montanhas. Mais perto, ouvia os sons da brisa noturna soprando entre os pinheiros. Ali perto, a figura alta de uma mulher de manto e capuz se desenhava nítida, enquanto Estein ainda estava na sombra. Olhando com mais atenção, algo na postura daquela desconhecida lembrava claramente uma presença muito viva na sua memória. De início, ela parecia com medo de falar, mas então, cada vez mais interessado, ele indagou com cortesia:

– Você queria me ver?

A moça pareceu que ia começar a dizer algo e então perguntou em voz baixa:

– Você é o rei Estein?

As palavras quase se perderam dentro do capuz que lhe envolvia a cabeça. Terminaram num sussurro quase inaudível, mas antes que sumissem de vez Estein tinha captado o som discreto de um sotaque estrangeiro. Por um instante, ele se sentiu novamente na Ilha Sagrada.

Com grande esforço, controlou o acesso repentino da intensa emoção despertada pela fala da moça e então, disfarçando a própria voz, respondeu num tom baixo e circunspecto:

– Eu sou o rei.

A moça parou um instante como se precisasse ordenar as ideias e então disse:

– Você teve um irmão, rei Estein. Chamava-se Olaf Hakonson.

Mais uma vez ela parou, olhando para ele com o que parecia hesitação.

– O que tem ele? – Estein indagou.

– Infelizmente, ele morreu há muito tempo. Perdoe-me por trazê-lo à sua lembrança agora, mas ele faz parte da minha história.

– Bem?

– Houve três homens envolvidos na morte de Olaf – a moça continuou, tendo recuperado um pouco de confiança. – Thord, o Alto, Snaekol Gunnarson e Thorfin de Skapstead. Snaekol e Thorfin morreram há muitos ano, que Deus os perdoe! Mas Thord, o Alto, viveu e se arrependeu do fogo que ateou.

VANDRAD, O VIKING

– Foi uma coisa maligna – Estein disse.

– Nessa época, rei Estein, ele era ateu, mas, desculpe, você não sabe o que são os cristãos.

– Já ouvi falar deles – Estein respondeu meio para si mesmo.

– Com o passar do tempo, ele se tornou cristão e passou a adorar outro deus e a ter outra crença. Deixou o mundo e as expedições dos vikings e foi para uma pequena ilha das Orkneys comigo, sua única filha. Meus dois irmãos morreram em combate, rei Estein, e agora não resta mais ninguém na contenda.

– Como as pessoas chamam você? – Estein perguntou, apenas para que pudesse ouvir o nome dela uma vez mais.

– Sou Osla, a filha de Thord, o Alto – ela respondeu recuando um passo, orgulhosa, num toque discreto de desafio. – Ele era inimigo de sua família, mas um nobre, mesmo assim, de alta estirpe, bom e generoso.

– Sim?

Ela continuou:

– Ele viveu na ilha totalmente só, exceto por mim.

Estein não se conteve e perguntou:

– O tempo todo sozinho?

– Sim, exceto uma vez, quando um viking chegou lá por acaso, mas ele logo foi embora. – Então ela acrescentou rapidamente: – Meu pai pensava o tempo todo naquele incêndio. Tinha cumprido muitas penitências por causa disso, na solidão da Ilha Sagrada. Ele não tinha feito coisas piores do que os outros, apenas tinha se tornado cristão. Por isso, seus feitos lhe pareciam maus.

– Inclusive o fogo que ateou? – Estein indagou um tanto secamente.

– Não seja muito severo com ele! – ela pediu. – Ele era… ele era meu pai!

– Peço desculpas, senhorita Osla. Prossiga.

– Por fim, ele adoeceu. Durante as tempestades do último inverno, acabou falecendo.

Até esse ponto, Estein vinha ouvindo com grande interesse, pensando em qual seria o desfecho de tudo aquilo, exercendo um forte controle para

155

manter a boca fechada. Mas, com as últimas palavras de Osla, ele quase se traiu. Estava a ponto de se revelar em sua voz natural, mas quando falou era como se estivesse engasgado com alguma coisa:

– Então, Thord, o Alto, está morto?

– Morreu como um penitente, rei Estein – disse Osla. – Ele me deixou uma mensagem escrita, pois tinha me ensinado a arte da leitura enquanto moramos na ilha. Além de muita prata, ou assim me parece. A mensagem dizia que eu devia ver o rei Hakon.

– Então ele não sabia da morte do meu pai?

– Seu pai estava vivo então – ela explicou. – A mensagem também dizia algo que eu desconhecia: eu tenho um tio ainda vivo, ou melhor, alguém que meu pai achava que estivesse vivo, e a primeira coisa que eu devia fazer era procurá-lo. Depois, eu deveria vir a Sogn a tempo de ver o rei Hakon.

– E qual é o nome do seu tio?

– Agora ele se chama Atli, mas…

– Atli, irmão de Thord, o Alto!

– Você o conhece?

– Já o vi – Estein respondeu de modo evasivo. – Ele veio aqui uma vez, mas como sabia onde encontrá-lo? Ele vive longe, é o que dizem.

– A mensagem deu-me instruções para achar alguém que sabia onde ele devia morar. Então viajei até um país distante, chamado Jemtland. Fica a muitos dias de Sogn. Por isso, quando enfim cheguei, o rei Hakon já tinha falecido.

– E agora você pediu para me ver?

– Você é o filho dele e minha tarefa tem a ver com você, pois as contendas que eram dele agora são suas – ela respondeu.

Por um momento ela se interrompeu. A Estein pareceu que ela o olhava em dúvida, como se sentisse receio de prosseguir. Então tirou uma sacola, até então sob as dobras do manto, e a estendeu para ele, dizendo simplesmente, mas não como alguém que esperava um favor ou uma dádiva:

– Esta prata é para reparar o pecado do meu pai pela morte de Olaf. Você aceita?

Vandrad, o Viking

Ele pegou a sacola, sentiu o peso, e respondeu lentamente:

– É pouco para reparar a morte de um irmão.

Osla deu um passo sobressaltado para trás, seu orgulho espicaçado, e Estein pôde ouvir que ela respirava mais depressa.

De repente, ele soltou a sacola, saiu da sombra fornecida pela porta, e exclamou em seu tom de voz natural:

– Também devo ter você, Osla!

Dessa vez, ela se assustou de verdade e, por um instante, o choque da surpresa a deixou muda.

– Vandrad! – ela disse em voz sumida e então caiu tremendo nos braços do rei Estein.

– Não – ele disse –, não me chame mais de Vandrad, mas sim Estein, o Felizardo! Perdoe-me, Osla, por tê-la enganado antes. Mas, naquele tempo, na verdade, o destino tinha me tratado muito mal e eu não fazia questão que soubessem que eu era o filho do rei de Sogn.

Depois de algum tempo ele voltou a falar:

– Então, a contenda chegou ao fim, e eu encontrei a minha rainha.

– Rainha, Estein? – ela sussurrou.

– Sim, uma rainha digna do mais orgulhoso dos reis de Sogn. E, Osla, sabe que eu a vi depois que nos despedimos na Ilha Sagrada? Você se lembra de um povoado em Jemtland onde você fez uma parada durante a viagem? E de um homem que os moradores perseguiam?

– Era... – ela exclamou, atônita.

– Era Vandrad, e Atli...

– É Kolskegg, pai adotivo do teu irmão Olaf – disse uma voz atrás deles.

Voltando-se para ver quem falava, os enamorados toparam com a figura venerável do adivinho, ali em pé, a cinco passos dos dois.

Por um segundo, ficaram surpresos demais para falar, e o ancião prosseguiu com um entusiasmo contagiante:

– Sim, Osla, eu vim seguindo você desde que desembarcou. À sombra de Hakonstadt, aguardei o desenrolar do que tinha sido determinado pelos deuses. Rei Estein, quando ficou em minha casa, eu não sabia quem

157

eram o sábio e a feiticeira das ilhas Orkney. Meus sonhos não os revelavam. Quando Osla veio naquela noite em que você dormia no mezanino, eu a escondi para que você não a encontrasse, pois sei que quem é Yngve não esquece jamais as ofensas de nenhum parente. E, mesmo quando soube de tudo, não disse nada a Osla, pois desejei que o destino decidisse o final da história como fosse melhor.

Estein lhe perguntou:

– Mas por que você então não me disse nada?

– Já disse por quê. Esta raça tem uma memória longa e rancorosa, e eu sabia muito bem que não poderia ajudá-lo, se você soubesse de algo. Sim, rei Estein, há muito tempo desejo reparar meus erros com você, mas o ato violento de meu irmão – que ele executou para vingar o que pensava serem ofensas contra mim – devolveu a contenda para mim. Fui banido por minha própria culpa e, por causa disso, Thord me exilou.

Em seguida, elevando a voz até que parecia um sino ecoando na noite:

– Mas agora, rei Estein, o barco cruzou os mares!

Por um minuto fez-se silêncio depois que ele se calou. Então, o rei tomou Osla pela mão e a trouxe na direção da porta, dizendo:

– Quero que, nesta noite, todos vejam a minha rainha.

– Deixe que eu venha amanhã – Osla murmurou.

– Entre agora, Osla – disse-lhe o tio. – Rogo que o faça.

Diante disso, ela entrou no grande salão com Estein.

Quando ele a conduziu até o assento ao lado do dele, no estrado mais elevado, um silêncio total caiu sobre os presentes. Não houve um homem que não parecesse totalmente surpreso. Parando diante do conde Sigvald e puxando o capuz que cobria a cabeça da jovem, Estein anunciou:

– Você ainda viverá para me ver casado, conde. Minha viagem rumo ao Sul mudará para ser a minha festa de casamento. Esta é Osla, rainha de Sogn!

Antes que seu pai tivesse tempo de responder, Helgi saltou de seu assento dando um grito de alegria e cumprimentando Osla com um beijo estalado na bochecha:

VANDRAD, O VIKING

– Como o primeiro dos amigos do rei Estein, lhe desejo felicidades! Lembra-se do manto de pele de carneiro? Eu não esqueci aquela jovem. Saúde para a rainha Osla!

No mesmo instante, os gritos de alegria se repetiram até ocuparem todos os espaços do salão enfumaçado. Terminava a contenda, mas dizem que o feitiço nunca foi rompido.

FIM